Capa Marcos R. Sacchi
Diagramação Evandro Pimentel
Edição de Texto Alexandre Boide
Revisão Naomi Yokoyama Edelbuttel
Impressão IBEP

Esta é uma obra de ficção, qualquer semelhança com acontecimentos reais e pessoas conhecidas terá sido mera coincidência.

Dados Internacionais de Catalogação na Publicação (CIP)
(Câmara Brasileira do Livro, SP, Brasil)

Campos, Rogério de
  Revanchismo / Rogério de Campos. -- São Paulo : Amok, 2009.

  ISBN 978-85-63137-00-5

  1. Ficção policial e de mistério (Literatura brasileira) I. Título.

09-11408   CDD-869.93

Índices para catálogo sistemático:
1. Ficção policial e de mistério : Literatura brasileira 869.93

AMOK
Tel.: (11) 9918.6587
editora@amok.com.br
www.amok.com.br

REVANCHISMO

Para Patrícia Pombo, que tanto me incentivou:

"Publique isto, você já fez coisa muito pior na vida!"

REVANCHISMO
ROGÉRIO DE CAMPOS

"Velho tem que morrer. Sem barulho. Sem incomodar."
Sei o que eles pensam: eu deveria estar morto. Sou de outro tempo. Ninguém quer ouvir falar de gente que nem eu.
Mas estou vivo e incomodo.
É por isso que mandaram os macacos: para resolver o problema, queimar arquivo.
Agora estão lá, roubando minha casa. O que tinha ali está perdido. Estão quebrando tudo, procurando nem sabem o quê. Fazem o que mandam, mas fazem mal. Não me pegaram. Estou aqui, na rua, vendo a palhaçada deles. Nem percebem. Encontram uma coisa ou outra, mas tenho mais, tenho cópias. Os negativos estão comigo. O melhor tá sempre comigo.
Tenho que ir para outro lugar, outra cidade. Tenho outras casas, outras tocas. E sempre arrumo uma nova. Os macacos estão nas fraldas. Eu sei tudo o que sabem e tudo o que nunca irão saber. Pensam que me tornei um frouxo que nem os outros, um babaca que nem meus ex-amigos. Não é assim, não! Eu não fumo, não bebo e treino. Sei me esconder e sei encontrar qualquer um. Ainda sei machucar. Faço falar e faço calar. Porque treino, nunca paro. Quem não tem medo é porque não me conhece. Quem riu da minha cara se arrependeu depois, sempre. As mulheres descobriram sempre que não deveriam confiar muito na tal intuição feminina...
Eu podia ter ficado quieto no meu canto. Bastava eles cumprirem a parte deles. Avisei: quero só o que é justo. Têm que me pagar.

Todo mundo se deu bem. Estão aí com suas empresas de segurança. Têm fazendas. Tão até no governo de gente que eles prenderam. Veja só: aqueles que eu considerava do meu time, agora estão de jogo com aqueles que a gente caçava. Tudo misturado. Todo mundo sorrindo nas fotografias de hoje. É por isso que ninguém quer ver as minhas velhas fotos. Nelas não tem comunista rindo, não!

Agora está todo mundo aí: comunista com militar, empresário com sindicalista... Quem era subversivo agora é ministro. Maconheiro agora é ministro.

Eles que se fodam!

Eu só quero o meu. Eles têm que pagar. Passou muito tempo? Não quero saber. O pai morreu? O filho paga. Perderam o medo? Esqueceram? Eu vou lembrar todo mundo. Eles têm o dinheiro, eu quero minha parte. Senão a coisa vai explodir. Vai sujar para todo mundo: ministro, governador, banqueiro, empresário, militar, comunista, ex-comunista... Todo mundo. O que eu tenho pode derrubar muita gente. Eles sabem.

Estou vivo, quero barulho e vou incomodar.

1

O cano do revólver entra sem encostar nos lábios ou nos dentes. Mas a língua, apesar de também nem ter sido tocada, sente a proximidade do gosto azedo de metal. Laura volta tudo e deita o 38 no colo. A mão esquerda segura o revólver e a direita fica pousada sobre as duas, a mão esquerda e a arma, como se dissesse a elas "calma, tudo vai dar certo".

Laura quase não tem dúvidas de que essa é a melhor alternativa que resta. Já tentou diversas maneiras de explicar para o rapaz que acabou, que ele tem que arrumar outro lugar para morar e outro amor eterno. Começou com um "E aí? O pessoal não está preocupado com tua ausência?" e chegou à pergunta fatal: "Mas você vai sair de lá...? Onde você vai morar?"

Pegou-se numa banca de jornais, distraída, vendo capas de revistas femininas, imaginando a existência de um artigo que explicasse "como se livrar de um namorado". Apelou, quase sem perceber, para as simpatias e acabou ouvindo o Rafael perguntar por que ela sempre deixava a vassoura virada de ponta-cabeça atrás da porta: "Caralho, toda vez que passo por ali essa merda cai!"

Enfrentou o porre que era passar uns dias na casa da mãe em Rio Claro, "Tenho que ir, ela precisa de mim... não sei por quanto tempo... mas te ligo quando voltar...", só para ver se, na ausência dela, ele perdia a chave ou esquecia o endereço. Mas não! O amor dele é uma rocha, no meio da sala.

Quando a discreta elegância admitiu o fracasso, Laura foi além: chorou. "Preciso de um tempo para mim", "Essa relação está me sufocando", e coisas assim. Só o que conseguiu foi descobrir o quanto Rafael era compreensivo e que ele não a deixaria sozinha naquele momento difícil.

Laura admite que tem sua parcela de culpa. Dá para entender que ele acredite que cada trepada é um reinício. E ela não resiste a dar uns desses reinícios de tempos em tempos. Mas os intervalos entre cada uma têm aumentado radicalmente. Desde aquele primeiro final de semana, em que era uma a cada quinze minutos, passaram para uma por dia e agora já estão há duas semanas sem transar. Ok: uma foi a semana que ela passou em Rio Claro. Mas é um sinal, não é?

Ainda que o Rafael esteja embriagado daquele amor cego e surdo – mas, infelizmente, não mudo –, é certo que notou alguma coisa. Teve dias de se despedir dramaticamente e sumir, por umas poucas horas. E nunca chegou a desfazer totalmente a mala, que está sempre em algum lugar incômodo, no quarto ou na sala, a lembrar que ele está ali "só por uns tempos". O problema é que o temporário dele já passou dos três meses.

Rafael chegou a ir embora, em um "para sempre" que durou quatro dias, depois dos quais voltou e a perdoou (que ela não tenha pedido perdão e, menos ainda, sua volta, parece ter sido algo que ele não registrou). Mesmo assim, naqueles quatro dias ela notou uns CDs fora de lugar e também que havia mais espaço na geladeira.

Uma solução seria ficar gorda. E Laura acha que está ficando. Mas o Rafael finge não reparar, talvez ciente de que a culpa é dele mesmo.

Podia também dizer que está apaixonada por outro. Mas Laura nunca faria algo tão cruel. E arrisca o Rafael dar risada: ele sabe que dificilmente existirá alguém na cidade de São Paulo tão sem-ninguém quanto ela. Numa cidade na qual, feito uma vila de interior, parece que todo mundo conhece todo mundo, Laura não conhece ninguém. Então quem seria o Outro? O cortador de frios da padaria? O porteiro de um prédio vizinho? Laura é uma moça bem-educada, que cumprimenta todo mundo, mas tem, de nascença, um jeito especial para evitar que qualquer conversa com vizinhos, por exemplo, avance além das observações meteorológicas básicas.

A solução apareceu quando Laura considerou a possibilidade de que talvez exista algo verdadeiro em Rafael. Que, por trás daquela aparência de pilantra parasita, ele seja realmente o que diz ser: um poeta, um ser delicado, sensível, avesso à violência, à faca e ao punhal. Foi por isso que ela resolveu pegar o revólver.

O 38 disse para ela: "Eu já te salvei uma vez, princesa, vou te salvar outra, vou te salvar sempre. Tamos aí, beleza".

Então o negócio é encostar o revólver na testa e esperar o Rafael chegar. Vai rolar o escândalo: "O que é isso?!" E Laura vai dizer: "Não aguento mais! Vai embora" (ou, se o revólver estiver na boca, "Ão auenho ai! Ai emhóa!"). E ele vai sair correndo, carregando a mala e a alma de artista sensível. E ela estará livre. Quem disse que Laura não é uma pessoa prática, lógica e objetiva?

Mas o cano na boca não vai rolar. Se não pelo ridículo, pela esquisitice que é enfiar na boca o cano de um revólver que um dia foi do próprio pai. Laura imagina que muito analista daria a consulta de graça só para ouvir um paciente contar isso. Não! Se ela quisesse tratamento de graça, bastaria pedir para o Flavinho que no dia seguinte teria à porta uma ambulância e uma linda camisa-de-força feita sob medida. E um terapeuta como o Marcos Allen, que mandaria relatórios ao Flavinho, é claro.

Flávio é o cara perfeito para qualquer menina que sonhe com um irmão megaprotetor. É ele quem cuida de tudo. Quem toma conta de todos os negócios da família. Quem paga o aluguel do apartamento em São Paulo para ela. E todas as outras contas. É graças a ele que Laura pôde chegar até esse momento da vida sendo uma artista anônima, sem nunca ter trabalhado a sério.

Só sendo Laura para reclamar de um irmão assim. Mas também só sendo Laura para saber o que é cobrança. Só ela sabe o que é passar séculos ouvindo: "Daqui a pouco você faz 30 anos, vai fazer o quê? Vai continuar bancando a artista? Nem todo mundo que é esquisito é artista/ tem que se tratar/ é caso de psiquiatra/ só quem entende de louco vai te entender/ as pessoas têm medo de você/ não tem amigo... diz um/ você é a esquisitona de Rio Claro/ eu tento te explicar para os outros, mas não dá, nem eu te entendo/ Blablablá". O fato de ele ter aceitado que ela viesse morar sozinha em São Paulo tem algo de sinistro. Soou como um "Vá para lá e desapareça!" Foi a única vez que ela viu o Flavinho e a mãe dela discordarem. "Ela vai ficar sozinha naquela cidade? É isso? Você apoia uma coisa dessas?!" "Ela tem que aprender a se virar, Donatella, já passou dos 25 anos! Nunca fez nada na vida!" A discussão aconteceu na sala, com os dois parecendo não notar a presença dela. Como se Laura fosse uma criança. A própria cena bastou para provar que o irmão está certo: Laura ainda é uma criança. Por isso Laura decidiu: algumas coisas só terá quando puder pagar com o próprio dinheiro. Um analista, por exemplo. E um curso básico de catalão, um bonsai, um toca-discos de vinil, uma gravura do Miran...

Não! Pare de se distrair, Laura. Arrume algum jeito de colocar o cano do revólver em algum lugar da cabeça. Na têmpora também não dá: é ainda mais ridículo. Fica parecendo comédia. Como poderia discutir com o Rafael segurando uma arma daquela maneira? Ainda assim, seria menos incômodo que discutir com o cano do revólver enfiado na boca.

Se Laura tivesse um anjinho da guarda para aconselhá-la, ele diria algo sensato como: "E por que você, em vez de apontar a arma para a própria cabeça, não aponta para o pilantra? Fala pra ele 'Cai fora, babaca, desaparece!'". Imagina a cena: o folgado entraria no apartamento todo pimpão e daria de cara com a Laura apontando a arma para ele. Nem seria preciso falar nada. Ela tem certeza de que o cara iria sair correndo feito um personagem de desenho animado. E Laura viveria feliz para sempre. Mas tem um problema: ela tem medo de apontar o revólver para o Rafael... e atirar.

Até porque a arma está carregada. O que seria outro bom tema de conversa com um analista: se é apenas fingimento, por que ela não tirou as balas do revólver? Laura, deitadinha no divã, diria que teve medo de que o Rafael notasse, mas o analista perceberia que essa não é toda a verdade. Afinal, é óbvio que o Rafael não sabe coisa nenhuma a respeito de armas e nunca chegou perto de um revólver. Então por quê? "Ora", ela diria "é para responder essas coisas que existem os analistas, não é?"

Laura treme com a ideia de que um dia Flávio possa vir a conhecer o Rafael. Seria a prova final da inexistência de qualquer sensatez na cabeça dela. Quantas vezes o irmão não disse alguma variação da frase "A Laura é coerente: nunca arruma companhia que não seja ainda mais estranha que ela"? Uma das diversões dele nos almoços de família era ficar lembrando deste ou daquele amigo que a irmã tinha arrumado no passado. O pior é que a própria Laura é obrigada a admitir que é mesmo uma antena captadora daquilo que Flávio chama de "paranormais". Como aquele mendigo louco na Praça Othoniel, que insistia em correr atrás dela, gritando declarações de amor ou xingamentos. E ela sem alternativa a não ser correr também, para diversão de quem assistia à cena. É o destino: logo que mudou para São Paulo, teve que fugir correndo de um mendigo que insistia em dizer que ela era uma tal Mariângela, o amor da vida dele. Isso em plena Avenida Paulista, quase na frente do Masp, de dia. O mico adquirindo proporções de King Kong.

Mas o fato é que ninguém na família Mazzocchi é muito normal. A começar pela Donatella, que adotou o enteado como se fosse o irmão mais velho dela própria. Diante da dedicação do senhor Alfredo Mazzocchi aos negócios, quem assumiu a responsabilidade de cuidar da família foi o Flavinho. E a diferença de idade de Donatella para Flavinho, 12 anos, é menor que a diferença de idade dela para o marido, que era um viúvo quarentão quando se casou com ela.

Quando Laura nasceu, o senhor Alfredo, ainda que muito feliz, partiu no dia seguinte para alguma viagem de negócios. Como Donatella já era então o que é cada vez mais, uma perua desligada do mundo, quem resolveu tudo foi o Flavinho, na época um menino de 14 anos. Ele sempre se assegurou de que a madrasta não precisasse se preocupar com nada. Donatella vive a contar como o Flavinho, ainda menino, já comandava os funcionários. "Comandava não, liderava.

Porque Flavinho sempre foi um querido de todos." Não há nada de errado em uma mãe ter predileção pelo primogênito, o que Laura não aguenta é que a maluca da Donatella tenha predileção pelo filho que não é o dela!

Mas Flavinho é mesmo o Senhor Perfeito. Apesar de nunca ter sido pego lendo algo que não fosse sobre dinheiro, ou automóveis, ou manuais técnicos de qualquer coisa, é muito inteligente. E responsável, honesto e trabalhador. Nunca fumou maconha. Ou seja, desde criança é um homem sério. "E isso é algo normal?", pergunta Laura, que em comum com o meio-irmão tem apenas a inteligência e um tanto da honestidade. E não deixa de ser estranho que, por outro lado, ele mantenha até hoje, aos 38 anos e pai de dois filhos, uma aparência de garoto magrelo, com o cabelo sempre caído na testa. É mais baixo que Laura, e mais magro também.

Foi natural portanto que, com a morte do pai, há cinco anos, Flavinho assumisse de vez os negócios. Na prática, a sucessão já tinha sido iniciada muito tempo antes. O que Laura assumiu foi o revólver. No dia do enterro, e ainda com lágrimas nos olhos, foi discretamente ao escritório da casa, pegou a arma e a caixa de balas em um esconderijo que tinha descoberto fazia muitos anos. Semanas depois viu o Flavinho no escritório, a procurar algo que talvez fosse o 38, mas se fez de desentendida. Ele jamais iria perguntar algo a Donatella, porque é claro que ela não sabia de nada e é mais claro ainda que teria um treco se soubesse que havia ou houvera um revólver na casa.

Quando o 38 diz que já a salvou uma vez, não está mentindo. Aconteceu anos antes de Laura tomar a posse definitiva da arma. Quando ainda era nova na cidade e na escola, algumas patrícias do mal a estranharam (isso sempre acontece) e começaram a atacá-la. Esse terror durou algumas semanas, durante as quais Laura se viu transformada em alvo constante de bolinhas de papel, piadas idiotas, alguns empurrões e muitas ameaças. Então, um dia, na saída da escola, fingiu que deixou cair a mochila e fez com que o revólver lá dentro ficasse bem à vista das novas amiguinhas. Bastou. Voltou para casa e devolveu o revólver ao esconderijo que o pai imaginava secreto.

Dias depois do acontecido, uma orientadora e a professora, junto com um segurança, vieram com a história esquisita de dar uma olhada nas mochilas e bolsas de todo mundo na classe. Era visível a tremedeira quando chegaram na mochila dela. E depois o alívio, quando não encontraram nada de estranho (a não ser o livro *Notas de um Velho Safado*, do Bukowski). Se isso serviu para absolvê-la aos olhos da direção da escola, não serviu para convencer os alunos. Diversas histórias fantásticas circularam a respeito de como ela teria disfarçado o revólver. Teve gente que jurava que alguém teria ouvido outro alguém contar que a viu colocar rapidamente a arma por baixo da saia, entre as pernas, assim como existiriam aqueles que a viram dando tiros no Horto Florestal ou andando armada pela noite. Ela era a assassina psicopata do Instituto Educacional Joaquim Ribeiro.

Seja como for, não teve mais problemas de relacionamento na escola, aliás nem teve mais relacionamentos: todos os alunos se afastaram dela, incluindo as lamentáveis nerds que já ensaiavam ser sua turma. É claro que junto também se foi qualquer hipotético candidato a futuro namorado. Laura não chorou as perdas. Tomou o momento como um troféu: nem bem havia chegado à cidade e já se tornara uma lenda urbana.

Até tentou arrumar uma turma depois disso. Teve a dos maconheiros, dos punks, dos desenhistas de histórias em quadrinhos, dos trotskistas, dos pichadores... mas em vão. Mesmo eles eram muito *establishment* para o gosto dela. Serviram apenas para dar uns sustos na Donatella e fazer o Flavinho ter mais certeza de seu diagnóstico a respeito do estado mental da irmã.

E Flavinho teria ainda mais certeza se soubesse que os boatos a respeito de ela andar armada nas noites da cidade eram baseados em fatos reais. Não é por medo que Laura faz isso, nem mesmo aqui em São Paulo. É pelo prazer da companhia.

Nada é mais divertido que beber em um lugar desconhecido, tendo o amigo 38 pronto a mostrar a cara em caso de perigo. Além do mais, cada passeio desses deveria ser razão para Laura receber sua carteirinha atestando que é uma pessoa normal: com tantos idiotas por aí, é até uma prova de autocontrole o fato de ela não atirar. Um maníaco atiraria, ela não atira, e isso prova que não é uma maníaca. É verdade que já houve manhãs de ressaca nas quais não se lembrava se tinha atirado ou não. Houve manhãs em que checou o cano temendo sentir o cheiro da pólvora. E ela anda de fato preocupada: algumas balas sumiram. Será que fez alguma coisa e esqueceu?

Seja como for, liberdade é um 38 na bolsa. Laura sente-se como uma vampira. Em São Paulo, a sensação é ainda melhor porque é combinada com maior anonimato. De todas as pessoas desta cidade, quem suspeitaria dela?

Laura até se surpreende que tenha demorado tanto para se mudar para São Paulo. Não foi por medo da metrópole e menos ainda por algum amor à vida de interior. A única explicação deve ser a preguiça. A vida em Rio Claro era confortável a ponto de viciar, e Donatella adora viagens. Ou seja, quando não estava viajando com a Donatella (o que era ótimo), Laura tinha a casa só para ela (o que era muito melhor). As viagens para São Paulo eram frequentes: Donatella não aguentaria passar três meses sem um tour paulistano de compras.

Mas para Laura é bem diferente ter seu próprio apartamento na cidade. Um apartamento que ela escolheu, que é completamente incômodo para a Donatella. Porque a mãe, quando conformada com a decisão, chegou a escolher para a filha um lugar fashion no Itaim que, é claro, serviria também como base para ir às compras. Isso ajudou Laura a se decidir pelo humilde apartamento num velho prédio na Aclimação, que também deve ter sido moderno, mas em 1955 ou algo assim. É um predinho de quatro andares, perfeito para velhinhos aposentados. Não tem garagem, elevador, piscina, salão de festa, sala de ginástica, playground, lounge ou espaço gourmet. Não tem nada, nem mesmo portaria. Na porta tem o painel de interfone, e é isso que faz o papel de porteiro. O zelador, senhor Antônio, mora no prédio vizinho e cuida dos dois edifícios.

Mas a construção tem pelo menos uma maravilha tecnológica: uma espécie de duto, com entradas nos fundos dos corredores de cada andar, para que sejam jogados os sacos de lixo. O planejado era que os sacos de lixo caíssem no subsolo para serem recolhidos pelo faxineiro. Laura achou a coisa toda uma graça. Mas o tal duto está interditado há muito tempo, segundo o corretor que alugou o imóvel. Ou seja, cada morador tem que carregar o lixo até lá embaixo.

O apartamento de Laura fica no quarto andar. Que estava livre, talvez porque os velhinhos não tenham energia para ficar subindo e descendo os quatro lances de escada. O apartamento em frente ao dela é ocupado por um comissário de bordo ou algo do tipo, que está sempre viajando. Laura viu o vizinho apenas uma vez, logo que se mudou. Jovem, elegante, bonito, gentil, gay.

O apartamento é cozinha, área de serviço, sala grande, banheiro grande e dois quartos, um deles transformado em estúdio, onde Laura desenha e pinta (quando não está muito ocupada lendo, ouvindo música ou tentando seguir receitas de livros). Está cheio de revistas, livros, gibis, discos e aqueles enfeitinhos típicos da feira de antiguidades da praça Benedito Calixto: cinzeiros, rádios de pilha, bonequinhos de plástico e qualquer coisa que tenha pelo menos trinta anos de idade, esteja gasto demais ou ao menos não esteja funcionando. O piso é de tacos, velhos, alguns deles soltos, com todo o charme. Ou seja, é um lugar perfeito. A única maneira que Laura inventou para estragá-lo foi trazer o Rafael para dentro dele. Mas esse é um problema que não passa de hoje...

Um barulho na fechadura. Ele chegou.

Laura se endireita na banqueta diante da penteadeira, coloca o cano do revólver na boca, mas muda imediatamente para o queixo. Espera que ele entre no quarto para dar início ao escândalo. Ele vai até a cozinha. Demora um pouco. Laura ouve o barulho da porta da geladeira sendo fechada. Então ouve o Rafael passar pela sala e... entrar no banheiro. A porta é fechada. Ele está mijando. Dá a descarga e demora mais um pouco. Sai. Está na sala. Mexe na mala, talvez. Silêncio. Laura fica preocupada. Silenciosamente, sai da banqueta e vai se sentar na cama. Coloca a boca do revólver na têmpora. Não tem como o mané deixar de ver. Ela espera. Ouve os passos dele na sala. Ele abre a porta do apartamento e blam!

Fecha a porta e vai embora.

"Ele não me viu! O filho-da-puta não viu que eu estava no quarto?!"

Laura vai até a sala, braços junto ao corpo, a mão esquerda ainda segurando o revólver, apontado para baixo. A mala se foi. "Não é possível! Ele nem me viu!" Então nota o papel sobre a mesa. Um bilhete:

"Laurinha, nosso amor foi muito lindo, tenha certeza disso no fundo do seu coração. Mas as coisas mudam, a gente não tem controle. Saiba que você foi muito importante para mim. Um dia a gente volta a se ver, adeus. Rafa."

Filho-da-puta! Ele foi embora! "Nosso amor foi muito lindo..." Desgraçado! "As coisas mudam" o cacete! O parasita arrumou outra hospedeira!

Laura pensa em sair atrás dele. Pensa em sair atrás dele para dar um tiro no meio da cara do cretino.

Senta-se no sofá. Agora sim está sozinha na cidade. Ela e seu fiel 38. Não era isso o que queria?

2

Trecho do relatório sobre a mesa de Manuel Ângelo, secretário especial do Governador do Estado de São Paulo. Transcrição de uma conversa telefônica:

"Eduardo Bechdel – Não aparece aqui em Brasília. Se o Galã te vir na frente, você tá fodido...

Daniel Escalante – Eu quero é que o Galã se...

EB – Quer o que, meu irmão? Você tá sem moral para querer qualquer coisa. O negócio em Jacareí...

DE – É o seguinte: eu tô fazendo o meu serviço. Não é pra pegar o cara?

EB – E quem você pegou? Quem? Cadê?

DE – E quem fez melhor que eu? Tá todo mundo aí, se borrando. Eu e o meu pessoal é que estamos na linha de tiro... É o meu que tá na reta. Se o Vampiro me...

EB – Então... o Vampiro... justamente... A gente não quer merda com ele... Fica na sua...

DE – "Fica na sua" como? O Kocinas tá por aqui. O Vampiro já tá sabendo, os times dele já tão na cola... A Federal daqui...

EB – Então, fica na sua, meu irmão, dá um descanso pro teu time...

DE – Espera um pouco. Agora não estou entendendo: vocês querem ou não que eu faça o serviço?

EB – Tá certo, tá certo... mas o pessoal aqui não quer escândalo... Você precisa ter mais cuidado, não bater de frente com os locais... O negócio em Jacareí...

DE – O que você tá falando? Como é que eu vou fazer? Você acha que aqui tem conversa? Tá todo mundo na mão do Vampiro: civil, PM e a PF daqui... e... olha aí: tem os gringos também...

EB – Fica frio, com esses já estamos conversando...

DE – Que merda é...

EB – Fica na sua, os caras entraram em contato, querem conversa. Não precisa se preocupar com esses.

DE – Caralho! Vocês tão de acordo com o Riquinho? Então é por isso que acham que eu posso ser dispensado...

EB – Que dispensado, que nada... Escuta, eu tenho que desligar agora...

DE – Espera aí...

EB – Agora não dá, a gente se fala depois...

Fim da ligação"

Afora isso, o resto é bem resumido. O Coronel Medeiros está mais esperto a cada dia, já não precisa da ajuda do Manuel Ângelo, sabe como fazer as coisas. E conseguiu fazer esses grampos, o que parecia impossível.

Manuel deveria estar orgulhoso, afinal foi ele quem tirou o Medeiros da aposentadoria para fazer dele seu assessor especial de Inteligência. Queria alguém que o ajudasse a se contrapor ao poder do secretário de Segurança Pública e do Chefe de Gabinete na corte do Governador, e o militar, veterano do SNI e da Abin, foi perfeito. Graças ao Medeiros, Manuel tinha voltado a ser o principal conselheiro. O problema agora é que o Medeiros está indo bem demais. Ficando independente. Falando direto com o Governador. Esse relatório chegou direto às mãos do Governador, sem passar antes pelo

Manuel. Isso não está certo. O Medeiros é um militar, deveria saber o que é hierarquia.

Manuel está cansado de tudo isso. Era já um jornalista de meia-idade quando conheceu o homem que agora é governador e que já foi prefeito, senador, ministro e por pouco não chegou a Presidente da República, mas que na época era apenas um acadêmico voltando do exílio. Tinha lá sua fama de intelectual, e já algum poder político, mas não era nenhum Brizola ou Arraes. Mesmo assim, Manuel se encantou com ele, e quase imediatamente tomou para si a tarefa de garantir que o homem não tivesse outras preocupações além de realizar seu destino como líder nacional. Durante anos, foi o verdadeiro coordenador de campanha, tesoureiro, chefe de gabinete e tudo mais. Juntos, os dois homens fizeram a escalada, tramando, passando noites em claro, pedindo dinheiro, engolindo sapos, puxando o saco de uns, puxando o tapete de outros, sofrendo derrotas. E hoje ele é governador. E Manuel é apenas seu secretário especial, seja lá o que isso signifique.

Juntos foram derrotados, mas na hora das vitórias Manuel sempre ficou para trás. Agora está cansado, seu corpo sente os maltratos da bebida, do cigarro, da alimentação desequilibrada, do sedentarismo, das madrugadas em reuniões ou em puteiros. E a tensão constante. Talvez porque, livre da luta do dia-a-dia, o Governador parece ter toda a energia para continuar na sangrenta luta partidária. Se diverte destruindo seus inimigos. Manuel não, está cansado de ter que garantir o próprio lugar e disputar espaço com novos candidatos a escudeiro. Como esse Medeiros, tão desleal.

Mas Manuel tem que admitir que o relatório escrito pelo coronel é objetivo e sintético. Medeiros já percebeu que o Governador não gosta de relatórios extensos. Aliás, não gosta muito de nada que represente muito trabalho. Nas fotos de campanha está sempre com as mangas dobradas, pegando em tijolo e enxada, dando aulas em escolas, dando ordens em hospitais e até ajudando a empurrar caçamba em obra do metrô. Mas a verdade é que "il lavoro" não é seu forte. Mesmo sendo seu amigo há tantas décadas, Manuel sabe que existe alguma verdade no que os inimigos dizem: o Vampiro dorme de dia e faz intriga à noite.

3

Rafael está morto. Não existe mais. Não vai reaparecer. Por isso Laura não precisa se assustar cada vez que ouve passos no corredor. "Pare de imaginar que tem alguém abrindo a porta do apartamento. Admita que é paranoia achar que aquele CD do Nick Drake está fora do lugar, que sumiu cerveja da geladeira e que não foi você que esqueceu a janela da sala meio aberta. Tudo está no lugar."

Laura, enfim, está livre para passar o dia de camiseta velha, calcinha e pantufas. Livre para desafinar pela casa feito a rainha do karaokê. Está livre. Pode se concentrar no trabalho. Agora está decidida a se comprometer com prazos de entrega. Editores, façam suas encomendas: se não é a mais talentosa, Laura será a mais rápida da cidade. Será ilustradora, designer gráfica, fará histórias em quadrinhos, letreiramento e o que for.

Vai provar para o Flavinho o quão injusto ele é. Vai provar que não é tão preguiçosa assim. Nunca foi. Ainda morando em Rio Claro, teve algumas ilustrações publicadas em revistas de São Paulo. Que não tenha dado muito dinheiro não é por culpa dela, mas da miséria cultural do país e da mesquinharia dos editores. Agora, morando em São Paulo, as coisas serão mais fáceis. Ela vai conseguir.

Acordou tarde, quase dez horas, então teve que se vestir às pressas e sair correndo para a primeira entrevista do dia. No final conseguiu chegar a tempo na editora Século para mostrar seu portfólio. É claro que a combinação de vestidinho vermelhão, malha verde e coturno de cadarços laranjas está além do permitido até para artistas amalucados. Outro problema foi que em vez de pegar *O Estrangeiro*, de Camus, para ler no caminho, pegou uma velha edição portuguesa de *Estado e Revolução*, de Lênin. É a velha mania de apressada: não acende a luz e acaba fazendo bobagem. Da roupa ela logo se tocou ao fechar o portão do prédio, mas a troca dos livros só percebeu quando já estava no metrô. O jeito foi enfrentar a situação com dignidade e, quanto à leitura, tentar encontrar algo de útil no velho revolucionário. A ideia de pegar qualquer tipo de transporte – avião, trem, ônibus, táxi ou metrô – sem algo para ler deixa Laura em pânico. Então, toca enfrentar o Estado e também a Revolução.

A reunião na Século foi rápida. A tal chefe entrou toda apressada na sala, viu o material, "hum... hum... bom... hum". Era aquele modelo "executiva do ano", uma mulher bonita, fria, arrogante, cabelo superbem-tratado, camisa branca chique e lencinho vermelho no pescoço ("Ridículo", pensou Laura, antes de se ver no reflexo da parede de vidro e desmanchar rapidamente a insinuação de um discreto sorriso cínico). Como uma perua daquelas tinha ido parar em uma revista pequena como a *Imagem do Mundo* era incompreensível. Não é o cenário perfeito para uma Mulher de Sucesso. Talvez o mercado de apresentadoras de telejornais esteja saturado. Ou talvez trabalhar em revistas de História e Geografia seja moda agora.

O humilde editor de arte, cabeça raspada, óculos de aros azuis, apesar de travestir-se de fashion, era quase o oposto dela: gentil ao extremo, aproveitou uma brecha no meio dos "hum... hum..." da chefe para ver se ajudava:

– Ela podia tentar fazer alguma coisa para nossa edição da Amazônia... A gente ainda tem prazo...

– Aquela matéria da revolta... da Cabanagem...

– Pode ser ótimo.

Laura ainda se surpreende no quanto consegue passar despercebida. O quanto tem de gente que fala como se ela não estivesse presente. Mesmo estando de vestido vermelhão, malha verde... Tem certeza de que a mulher passaria reto por ela se a reencontrasse.

– Vamos tentar? Temos prazo...

– Vou passar o texto para ela...

E, como se finalmente notasse que ela estava presente, o gentil editor de arte pergunta:

– Qual é teu e-mail?

Então já tinha garantido uma encomenda, um tapa nas fuças do Flavinho. A próxima reunião também seria em Pinheiros, mas às três da tarde. Não valia a pena voltar para casa. Resolveu fazer hora. No caminho do Instituto Tomie Ohtake, passou por um restaurante japonês bonitinho. No Instituto tinha uma exposição sobre o grafite feminino, bem-sucedida em seu esforço de não dizer coisa alguma. Laura andou por ali amaldiçoando curadores, críticos e artistas em geral até ficar com fome. Então saiu para almoçar no restaurante japonês.

O garçom dá a nítida impressão de que jamais comeu ou comeria peixe cru, mas é tão gentil que Laura vai ficando, sem conseguir avançar além da página oito do sábio Lênin. Tanto que depois nem tem o tempo que queria para passear na Fnac, para ver se encontrava mais alguma coisa sobre a tal Cabanagem. Mesmo assim, não resistiu à tentação de parar em um sebo da Pedroso de Morais. Acabou não comprando nada, para não ter que carregar mais alguma coisa além da bolsa e da pasta do portfólio. Ela se arrependeria depois, voltando de metrô para casa, quando descobrisse que só tinha mesmo o Lênin para ler.

Na Rua Arthur de Azevedo, a caminho da outra editora onde iria apresentar seu portfólio, encontrou uma maravilhosa loja de discos cheia de vinis. Quem toma conta da loja são dois irmãos, bem loirinhos: uma adolescente e um menino de uns onze anos, bem sério. Ambos falam sem parar entre eles. Estão discutindo alguma coisa a respeito de uma outra irmã, mais velha, que não os deixa fazerem sabe-se lá o quê. Laura acaba cedendo à tentação e compra um LP antiquíssimo do ratinho italiano Topo Gigio.

A reunião na Noigrandes foi muito mais longa e muito melhor que a primeira. Não profissionalmente, já que pelo jeito os caras não têm dinheiro para nada. Mas não estranharam a roupa dela, adoraram o disco do Topo Gigio, a revista é bonita, todos são simpáticos e convidaram-na para a festa de lançamento do próximo número. No final da reunião, foram os três até a porta para se despedir dela. Muito bem.

Mas o melhor é que eles são maconheiros. Laura já está no final de seu pequeno estoque. Porque essa era a única coisa que o Rafael punha na casa: maconha. Nesse ponto ela estava muito satisfeita. Sabe-se lá onde e como, mas ele arrumava o melhor fumo. Ela chegou a suspeitar que esse era o ganha-pão dele, porque nos três meses em que viveram juntos Rafael nunca fez menção de trabalhar em qualquer coisa, a não ser num projeto genial de um livro de poesia gráfica que um dia ele iria arrumar tempo para colocar no papel.

Laura estremece com a lembrança. Seria a realização dos pesadelos de Donatella: a filha morando em São Paulo com um traficante. Mas acabou. Esquece. E Laura já sabe qual é a real profissão do Rafael: gigolô, de tontas que nem ela. Esquece. O problema agora é comprar fumo nesta cidade. Ela não saberia como começar. Por isso está feliz de encontrar maconheiros simpáticos.

Laura está pensando nisso no metrô, a caminho de casa, no momento em que percebe que alguém está falando com ela. O passageiro, de uns 60 anos ou mais, está sentado à sua frente. Ela demora alguns segundos para responder, meio que acordando:

– Desculpa, não estava prestando atenção... O que o senhor disse?

Laura percebe que conhece esse velho de algum lugar. Um vizinho? Um dos aposentados do prédio? Ele fala com um sorriso:

– Eu estava falando desse teu livro...

Ela percebe que neste momento só estão ela e o velho naquele canto do vagão. E também se toca que está com o livro do Lênin no colo, sobre a pasta, a sacola do disco e a bolsa.

– Ah! Este livro, o senhor gosta...

– Não! Claro que não!

– Ah...

– Você sabe o que a gente faria antigamente se pegasse uma mocinha como você lendo um livro desses?

– Desculpa, não entendi...

– Nós, da polícia... Se a gente pegasse alguém como você em 1971... você ia ver.

Só então Laura percebeu o quanto o riso do velho era sarcástico, cheio de ódio.

Por que ela não se levantou? Não conseguiu, gelou na hora.

– Você acha que sabe tudo, não é? Eu conheci muitas mocinhas que nem você, metidas a comunista. Amansei muitas de vocês. Ficam boazinhas depois... fazem de tudo...

O trem para na estação Brigadeiro. Começa a entrar gente. Quatro ou cinco passageiros, mas nenhum deles se senta. O velho fica em silêncio por alguns segundos, mas só alguns segundos:

– Agora os comunistas estão em todo lugar. Comunistas, petistas, subversivos, terroristas, bichas... Tudo pode... É por isso que as coisas estão assim... Mas eu também posso... Vocês pensam o quê? Que eu tô velho demais para isso?

Ninguém parece notar o velho falando. É como se não ouvissem. Parece que Laura e o velho estão em outra dimensão. Ela está paralisada de medo e incredulidade. Quando percebe que o trem está na estação Paraíso, as portas acabam de fechar e o trem já está saindo.

Ela se levanta, quase que com um pulo. Segura firme a bolsa e a pasta do portfólio e caminha pelo vagão. Esbarra em um passageiro. O trem finalmente chega à estação Ana Rosa. As portas se abrem e Laura sai apressada, tropeçando nos outros passageiros.

Onde é a escada rolante? Laura se sente perdida, como se nunca tivesse pisado naquela plataforma. Mas não se atreve a olhar para trás. Sobe a escada apressada, quase correndo. Vê a placa de saída.

Passa pela catraca. Vai andando, agora um pouco mais devagar. Não olha para trás. Sai e dá de cara com a Rua Vergueiro. Respira aliviada o ar sujo da cidade. O sol ainda brilha, o trânsito é a confusão de sempre. Um ônibus arranca, barulhento, soltando muita fumaça. Laura caminha, ainda insegura. Vai pela Vergueiro, entra na Dr. José Queirós Aranha e vai descendo na direção de casa, falando para si mesma: "Velho maluco, nojento..." Na metade do quarteirão já recuperou o autocontrole. Pensa até em dar uma passada na padaria da Rua Topázio, mas se lembra que é melhor trocar de roupa. Vai se aproximando de seu prédio.

"Mais um louco. Eu sou mesmo uma antena..."

Então ouve os passos. Não quer olhar para trás, mas já procura as chaves na bolsa. O barulho dos passos se aproximando. Pode ser qualquer um. Onde estão as chaves?

Quando se aproxima da porta de seu prédio, sente que é ele, o velho:

– Vadia... Não vai fugir. Sei onde você mora. Eu estou de olho em você... Vadia...

Ela corre para o portão, apavorada, encontra a chave, tenta abrir a porta do prédio, mas derruba a chave... Não quer vê-lo, não quer... Então percebe que o velho não está mais ali. Foi embora. Sumiu.

4

De certo ponto de vista, Daniel Escalante é um sucesso. Apesar de ser apenas um humilde funcionário público, tem alguns dos homens mais poderosos do país como inimigos pessoais. Um diretor da Polícia Federal, dois ex-senadores e, encabeçando a lista, o Governador do Estado de São Paulo, que, se não fosse Escalante, seria agora Presidente da República Federativa do Brasil. Sendo assim, dizer que são inimigos de morte não é exagero.

Houve uma época em que Daniel se orgulhava de seus feitos. Fazia sucesso ao imitar o senador Agripino de Faria pego em flagrante no hotel com a mesa cheia de pó e grana. Mas tudo deu em nada e, à medida que envelhece, o sentimento que cresce é o de uma espécie de arrependimento.

Nos Estados Unidos, Daniel talvez estivesse aposentado e rico com os direitos autorais da autobiografia que alguém teria escrito para ele. Estaria trabalhando em Hollywood como consultor de uma superprodução sobre suas aventuras contra o crime. Quem seria o ator? Richard Gere? Não: muito velho e muito branco.

Em Hollywood, Escalante teria uma mansão cheia de Ferraris. Teria uma família feliz e várias amantes. Mas Escalante não tem nada disso. Tem um apartamento em Brasília, vazio feito uma cela. Tinha alguém que quase foi uma namorada, até semanas atrás. Não tem ninguém para dizer que ele precisa dormir mais e beber menos.

Ou reclamar que a barba por fazer já está se tornando uma barba de verdade.

Ser um bom policial não foi bom para sua carreira na Polícia Federal.

"É claro que existem policiais honestos, muitos deles", um bêbado Daniel tentou explicar para uma bêbada namorada. "São de quatro tipos: os fanáticos religiosos, os comunistas, os tontos e os fanáticos religiosos comunistas tontos." "E você... não é honesto?" "Eu sou, claro... Tô no grupo dos tontos."

Daniel talvez fosse melhor classificado como um honesto por acidente. Se o que restava de ingenuidade foi embora logo nos primeiros anos de carreira, ficou o talento para se meter em rolos. A maior parte das ações que renderam aqueles tapinhas nas costas de "parabéns, você conseguiu" foram resultado de acidentes. Quase nenhuma foi intencional, até porque ele logo aprendeu que tais tipos de ações rendiam apenas isso: tapinhas nas costas e um monte de inimigos.

Se pudesse voltar no tempo, Daniel faria tudo diferente. Não teria, por exemplo, colocado neguinho para seguir aquele lobista dinamarquês, não teria feito o flagrante do sujeito com a mala de grana e não teria dado a prensa nele, não teria descoberto para quem era o presente e... bom... hoje o Vampiro seria presidente e nunca teria tomado conhecimento da existência de um certo Daniel Escalante. Todo mundo estaria feliz e tranquilo. E foda-se.

Tudo deu em nada. O que não foi abafado dentro da própria PF, o Legislativo e Executivo abafaram, o Judiciário matou nos tais problemas processuais e a Mídia fingiu que não viu. Tem sempre um acordo para salvar os bacanas. O Executivo posa de sério para ficar bem na foto, mas já vai negociando o troca-troca com o Legislativo e, quando os dois ficam muito metidos a valentes, o Judiciário e a Mídia mostram quem manda mais. No final, está todo mundo no bolso dos banqueiros, das multinacionais e tal. E quem acaba levando no rabo é o zé-mané que denunciou. É duro: depois de tanto tempo, depois de tanto estudo, tanta *inside information*, tanto grampo, a gente descobre que a verdade da vida está em qualquer jornalzinho tosco, demagógico, de qualquer miserável partideco de esquerda.

5

A casa nunca esteve tão fechada. A porta está trancada com as duas fechaduras. As janelas estão com os cadeados. Laura já começa, depois de uma ou duas horas, a se sentir meio besta. "Calma... calma... É só um louco, um velho gagá."

Esquenta uma sopa, faz umas torradas, tenta se concentrar na leitura do Camus, mas não adianta. Tenta outra coisa, algo mais leve, um livro de quadrinhos do Robert Crumb, mas nem isso segura sua concentração. Arrepende-se de não ter uma TV. Coloca um disco de jazz, da Blossom Dearie, alegre, para acalmar, e vai para a cama com algumas revistas de moda e música. Ainda se assusta com qualquer barulho do lado de fora, mas o lugar é tranquilo, o movimento é bem pequeno depois das oito ou nove. Prédio de velhos.

Às onze e trinta, Laura já está dormindo.

Às três da madrugada, está bem acordada, no sofá, enrolada em um cobertor. Acordou com algum barulho. Talvez um caminhão que passou pela rua. Mas agora está ligada demais. Voltará a dormir só depois das cinco, quando o dia já estiver nascendo, ao som dos passarinhos e dos ônibus que voltam a circular. Dorme no sofá. O revólver está no chão, sobre uma revista.

Ao meio-dia, Laura ligou para a casa da mãe. Mas Jandira, a empregada, disse que Donatella tinha viajado com as amigas para

Tiradentes. "Acho que vai demorar para voltar. Liga no celular dela." Nem pensar: no momento em que discava, Laura já tinha se arrependido de ligar para a mãe. Afinal, dizer o quê? Ou falar o que para o Flavinho? Que um tarado a tinha seguido? A mãe a faria voltar para Rio Claro. O irmão daria risada.

Falar o que para quem? Um animal como aquele velho tinha que ser denunciado. Mesmo que seja tudo mentira dele. Deveria ser recolhido para a cadeia ou algum manicômio. Mas denunciar para quem, para a polícia? O cara diz que é ou foi da polícia. Vai ela sozinha lá na delegacia denunciar um deles? *No way...*

Laura se lembra de um festival punk que aconteceu em Piracicaba, reunindo bandas da região, muitos anos atrás. Punkaipira, foi como acabou sendo chamado, apesar dos inúteis esforços contrários dos organizadores. Laura estava lá. O Caveira e dois amigos apareceram de noite no boteco, reclamando que tinham levado uma geral da polícia. "Empurraram a gente contra o muro, ficaram ameaçando... Uns filhos-da-puta!"

Caveira era uma das figuras folclóricas da área, o punk mais punk de todos os punks. Apesar de ser alvo de diversas piadas e sacanagens por causa de seu sotaque caipira e sua ingenuidade, tinha o respeito de todos porque era um punk com legitimidade: pobre de dar dó, *no future* total, seu uniforme punk não era presente de natal de papai, mas resultado de bicos em mercados, borracharias e coisas assim. Ou seja, o cara estava sempre no sacrifício. O próprio apelido, Caveira, apesar de sugerir um punk da pesada, era dos tempos de menino: sempre foi chamado assim por ser muito magrelo. Quando criança era o Caveirinha. É claro que ele tentava posar de perigoso, mas todos sabiam que era totalmente pacífico.

Assim, ficaram todos solidários a ele, xingaram juntos a polícia e coisa e tal até que mais tarde, na hora de pagar a conta, o Caveira veio com o papo de que acabara de descobrir que não tinha nenhum dinheiro na carteira: "Gambezada filha-da-puta! Levaram meu dinheiro! Na hora que foram ver minha carteira... afanaram tudo". Quanto mais ele esbravejava, naquele sotaque caipira de piracicabano da gema, mais a turma ria: estava na cara, para todo mundo, que o

Caveira tava dando uma de mané para não pagar a conta. O Caveira foi ficando mais e mais esquentado com as risadas, até por fim decidir:

– Vou lá!

– Vai lá aonde?

– Na delegacia, dar queixa.

– Dar queixa contra os gambé?

– Você tá louco, Caveira?! Larga de ser besta...

– Vou lá, quero meu dinheiro de volta.

E lá foi ele, com dois outros: um amigo fiel, que tinha sofrido a geral com ele, e outro que foi só de sacanagem, para dar risada do Caveira.

Laura só foi saber do fim da história três ou quatro dias depois. Pelo que os dois outros contaram, o Caveira baixou bem a bola ao chegar ao balcão da delegacia, deu até um jeito de falar humildemente que "teve um engano... desculpa aí... mas é todo o meu salário...". O escrivão, ou coisa do tipo, pareceu respeitar a questão. Saiu, voltou, falou para eles esperarem em outra sala. Estavam lá os três quando, depois de meia hora, entraram na sala os mesmos policiais que tinham dado a revista e mais alguns outros. Os três punks perderam a noção de por quanto tempo apanharam.

Quando Laura voltou a ver o Caveira, um mês depois, ele ainda mancava um pouco. A cara estava toda cheia de hematomas. E ele estava sem um dos dentes da frente.

O que os gambés de São Paulo não fariam com uma mulher que entrasse na delegacia para denunciar um policial? Ainda mais sabendo que ela mora sozinha na cidade? Então não passa pela cabeça da Laura sequer ligar para uma delegacia. Se o tarado aparecer de novo, ela é que vai ter de resolver o caso. Se tentar entrar neste apartamento, vai levar um tiro.

Mas quando decidiu isso, Laura já estava mais tranquila, com a certeza de que nunca mais veria o velho. Estava enganada.

6

A inimizade do Vampiro, ao mesmo tempo em que foi a desgraça para a carreira de Daniel, foi a credencial de que ele precisava para garantir um refúgio quando tudo foi por água abaixo. A excelentíssima ministra Letícia Werneck pode ser arrogante, irritante, vaidosa e cheia de dar piti, mas surgiu do nada para segurar a onda e impedir que Daniel aparecesse boiando no lago Paranoá. Não por bondade, é claro. Inimigo do meu inimigo é meu amigo. Até os patos de borracha da banheira do presidente do Banco Central sabem que a principal guerra política brasileira do momento é entre Letícia Werneck e seu candidato a futuro antecessor, o atual Governador de São Paulo. A mulher é muito esperta, sabe que pode ter toda a confiança em Daniel, porque ele não tem outra saída. Se existe alguém que não tem chance de se bandear para o lado do Vampiro, esse é o Daniel, e não por questão de princípios, infelizmente.

Dos sonhos de um dia ser diretor de qualquer porra, Daniel chegou a isto: algo como consultor-chefe de segurança de madame. Na hierarquia, está acima do motorista e abaixo da pedicure. E tem que ficar bem contente se conseguir se segurar nessa até que o Vampiro desapareça, a direção da PF se aposente e a Virgem Maria apareça no céu de Brasília. Sorte que o pai não está mais vivo para ver onde ele chegou.

Mas nada de ficar remoendo o passado. Daniel aprendeu com o manual dos samurais, o *Hagakure*, que se deve entrar na batalha sabendo que já se está morto, ou seja, nada a perder, nada de choro. Ele faz o que sabe fazer e não pensa no que poderia ser. E como Letícia, além de ministra, é rica, Daniel tem estrutura para trabalhar e sua própria equipe de apoio: Juliano e Caeto, todos de uma lealdade que chega a incomodá-lo, até porque deveriam saber que não é recíproca. Juliano é o que alguém chamaria de braço-direito. Mas nem mesmo com ele Daniel se sente muito à vontade: nada de papo muito pessoal, convites para festas de aniversário e coisas do tipo.

Quando foi chamado para aquela conversa enrolada, Daniel deu um jeito para que Letícia entendesse que tudo bem, ele já tinha sacado qual era a parada: tem esse sujeito que está ameaçando, uma chantagem, e é preciso resolver o caso. Não é a primeira vez que Daniel recebe a missão de transformar uma situação nebulosa em algo ainda mais nebuloso. Ela é milionária, ministra, já foi deputada e senadora: ninguém passa limpo por isso. Todo mundo acaba sujo, uns mais, outros menos.

Pelos padrões de Brasília, Letícia é quase uma santa. Afora o caixa-dois, nada muito além do costumeiro toma-lá-dá-cá, que às vezes vira um "não me ameaça que eu não te ameaço", ou "não me dá porrada que eu não te dou porrada", até chegar ao "não me denuncia que eu não te denuncio". O básico, até para não destoar demais na comunidade política da cidade. Mas Daniel nunca viu mala de lobistas por ali, nem uma sequer. Muito menos grana do crime. Chega a ser surpreendente que uma pessoa tão limpa tenha conseguido virar ministra e agora provável candidata ao governo de São Paulo. Está certo que ela é uma negociadora que beira o genial, capaz de fechar os acordos mais improváveis. Ainda assim, Daniel se pergunta como é que ela pretende ter a necessária confiança da classe política e do Judiciário se não frequenta os mesmos puteiros.

Mas isso não é problema dele. A função de Daniel é lidar com outro tipo de negociações. Outro tipo de problemas. Ele é uma espécie de assessor de imprensa ao contrário: sua função é mais ou menos evitar que Letícia seja matéria de jornal. Evitar possíveis escândalos.

É preciso sempre lembrar que no caso de pessoas públicas não existe peso na consciência, e sim uma forma de medo de que os problemas se tornem públicos. Afinal, os fatos só se tornam reais quando aparecem no *Jornal Nacional*. Daniel é pago para Letícia só aparecer no *Jornal Nacional* quando quiser.

Na verdade, Daniel nem tem muito trabalho, até porque o ministério tem um assessor oficial de segurança, Paulo Cecci, que é quem garante as escoltas, administra os vigias e confere se não há grampos nos telefones, etc. Para Daniel sobram as bobagens, como a coisa do Ricardo, o filho malucão, detido com uma farmácia no carro. Mesmo aquele caso Daniel não resolveu: encontrou quem resolvesse. E, muitas vezes, encontrar quem resolva é o lance. Custou caro, mas Letícia pagou e não teve como não ficar agradecida.

Agora o rolo a envolvia pessoalmente. A ministra estava visivelmente constrangida. Tanto que Daniel achou melhor deixar para depois a pergunta a respeito de qual era o trunfo do chantagista.

A reunião aconteceu no escritório da casa oficial de Letícia na Esplanada dos Ministérios. Um lugar até humilde, em comparação com as outras casas da madame. A família da ministra é muito rica há pelo menos duzentos anos. Do tipo que tem mansão no sul da França e até um castelo na Escócia. Só na cidade de São Paulo são pelo menos duas casas e um apartamento, tudo enorme. Chega a ser irônico que ela seja uma das estrelas de um partido dito de esquerda: nenhum dos outros figurões da política brasileira atual é tão aristocrata quanto ela.

O escritório tem vista para o jardim iluminado por algum decorador de plantas e luzes. Além dela e do Daniel, participaram o supersecretário Edu Bechdel e o Galã. O caso era sério o bastante para terem deixado Paulo Cecci de fora.

Edu é ok, apesar da pose de diplomata inglês esconder um instinto de sobrevivência mais que exagerado. Poderia até ser um bom amigo se Daniel ainda estivesse na idade de arrumar novos amigos. O Galã, por outro lado, é triste até de se ver. Tem a arrogância e vaidade da mulher, mas nada da inteligência ou qualquer competência. É só isso: o marido, o "primeiro-damo". Aquele que fica o tempo todo tentando parecer que é útil para alguma coisa. Nessa tarefa incansável, inferniza o mundo. Era óbvio que Daniel estava lá porque o Galã tinha sido voto vencido. O marido mal se continha na sala, andando de um lado para o outro e berrando impotente.

– Essa merda não vai dar certo! Eu vou é dar um tiro no canalha!

Daniel se conteve para não dar risada da valentia do Galã. O idiota não saberia nem segurar um revólver direito. Mas essas bravatas eram típicas dele. Era visível que Letícia gostaria que o marido estivesse longe dali para não atrapalhar a tomada de decisão pelos adultos.

– Alberto, eu tenho que resolver isso e não vou conseguir pensar com você falando desse jeito!

– "Nós" temos que resolver, Letícia. Nós!

– Sim, "nós" temos que decidir. Então vamos decidir com toda calma possível. Edu? Daniel? O que vocês acham?

Daniel diria: "Acho que você tem que mandar o imbecil do seu marido ir brincar lá fora". Mas, felizmente, Edu se adiantou, com palavras mais diplomáticas:

– É verdade... Precisamos de calma, Alberto. Vamos resolver isso. O Daniel tem experiência com esse tipo de coisa, ele vai falar com o sujeito.

Daniel ficou se perguntando de onde Edu tinha tirado a ideia de que ele tinha experiência com chantagistas. Ou com chantagem. Não soube se era para se sentir ofendido ou não. Resolveu deixar passar.

– Eu ligo. Quem falou com ele?

– Ele ligou direto para o celular da Letícia. Mas é o que fica comigo – disse Edu.

– Mas quando foi isso?

O Galã explodiu:

– Hoje! Você nunca sabe de nada, não é? Não é à toa que foi dispensado pela PF!

O que evitou que o Galã recebesse um murro foi o fato de Edu entrar no meio dos dois e retomar o rumo da conversa:

– Bom... na verdade ele já tinha ligado antes. Algumas vezes. A primeira ligação foi há cinco meses.

Daniel só não riu da cara de idiota do Galã porque também se sentiu enganado.

– E por que vocês não me avisaram?

– Letícia, é verdade isso? – o Galã estava desnorteado – O que está acontecendo aqui?

– Não imagine coisas, Alberto. Nós ainda não sabíamos do que se tratava...

Edu, como sempre, se incumbiu do papel de evitar que Letícia entrasse em um assunto sobre o qual não queria falar:

– Na verdade, não levei a sério no início. Só que hoje o sujeito ligou no celular privativo da Letícia. Ninguém tem esse número.

A história não fazia sentido. Cinco meses e não falaram nada? E, por coincidência, Daniel foi contratado há pouco menos de cinco meses... Ficou claro para ele que sua contratação tinha sido em função desse caso. Ou seja, estavam pagando Daniel esses meses todos para, na verdade, descobrir se podiam confiar nele antes de mandar fazer o serviço que tinham para ser feito.

Tal qual relógio quebrado que de vez em quando até acerta a hora, o Galã dessa vez tinha razão. O tal Flávio Kocinas, desde o início, não estava a fim de negociar. Cada gesto de aproximação foi interpretado como ataque. As ofertas, por melhores que fossem, foram tomadas como ofensa. Estava na cara que a questão não era dinheiro. O velho quer outra coisa qualquer: uma espécie maluca de vingança.

No início exigia um encontro pessoal com Letícia. Sem ninguém junto. Daniel por pouco não deu risada ao telefone quando o malucão falou isso.

– Desculpa, mas o senhor entende que isso não é possível... Nossa amiga tem muitos compromissos... Mas eu estou autorizado a fechar um acordo..."

– A vaca tá é com medo! Filha-da-puta! E tem razão para ter medo! Ô... como é teu nome mesmo? Júlio? Então, Júlio, é o seguinte: ou é com ela ou a merda vai parar nos jornais...

E desligou o telefone.

Na segunda ligação, Daniel disse que Letícia tinha aceitado o encontro, mas que ele, Daniel, também teria que estar junto. É claro que era blefe, jamais Letícia iria se expor a algo assim. E é claro que o malucão percebeu e levou a coisa para outro rumo, completamente diferente:

– Escuta aqui! Escuta! Você acha que sou otário?! Você acha que vou aparecer aí pra vocês me pegarem? Vão se foder! Tá ouvindo? Vão se foder!

– Desculpa, mas o senhor não queria um encontro? Vamos conversar...

– Ô Júlio, vai conversar com a puta que o pariu. Aliás, quem é você? Júlio é teu nome mesmo? Não é da Federal... Não é também o judeuzinho carioca, tô sabendo. Ele tá ouvindo? Ô judeuzinho bicha, você tá ouvindo? Fala pra tua patroa que é o seguinte: eu quero dinheiro, muito dinheiro.

– Tudo bem, tudo bem, vamos resolver isso...

E o Kocinas desligou.

Daniel virou-se para Edu e o Galã:

– Olha... tentei adiar esse momento ao máximo... eu queria resolver o caso sem nem saber de mais nada. Mas não tem jeito. De agora em diante eu tenho que saber tudo. O que o cara tem contra a Letícia? Quem é esse Kocinas?

7

Laura procurou muito uma imagem de Eduardo Angelin. Ainda que ele, aos 20 anos, fosse o principal líder da revolta chamada Cabanagem, no Pará, a única imagem é um pequeno retrato, bem tosco. Laura conseguiu imagens de militares e políticos que participaram da repressão ao movimento rebelde. Mas daquele cearense nascido em Aracati, em 1814, e casado com uma mameluca rica chamada Eloísa Clara, não há mais nada. Laura sabe que ele foi detido em outubro de 1836, pouco mais de um ano depois do início da revolta, e enviado ao Rio de Janeiro para julgamento.

Em algum momento, vários anos depois, foi anistiado e voltou ao Pará, onde morreu, em 1882. Deve ter penado na cadeia. Mas, apesar de tudo, fazia parte da "classe dirigente", então não sofreu o que sofreram aqueles milhares de cabanos anônimos. Aqueles negros, mulatos, índios, seringueiros e ralé em geral, todos legítimos representantes das "classes infames", que tomaram uma rebelião das elites locais contra o governo imperial e transformaram-na em uma espécie de revolução faminta que dominou a Amazônia por anos, até que a repressão imperial conseguisse reimplantar o que chamam de ordem.

Calcula-se que cerca de trinta mil dos oitenta mil habitantes do Estado foram mortos, com uma crueldade que espantou até os partidários da lei e da ordem, mesmo aqueles que tinham sido vítimas da violência dos cabanos revoltosos. Como o Barão de Guajará, que perdeu o pai, morto pelos cabanos, mas admite que a repressão militar foi além dos tais limites civilizados:

"Os rebeldes, verdadeiros ou supostos, eram procurados por toda parte e perseguidos como animais ferozes! Metidos em troncos e amarrados, sofriam suplícios bárbaros que muitas vezes lhes ocasionavam a morte! Houve até quem considerasse como padrão de glória trazer rosários de orelhas secas de cabanos! Conhecemos um célebre comandante dessas expedições, que desvanecia-se em descrever com ostentação os seus feitos de atrocidade e, equiparando os rebeldes a cobras venenosas, dizia que não deviam em caso algum ser perdoados! Muitos dos entroncados nas viagens por canoas lançou ele nos rios, e outros muitos mandou espingardear nos calabouços a pretexto de quererem arrombar as prisões! Nos dias de pior humor fazia dependurar, em cordas presas ao teto da casa de sua moradia, os que lhe inspirava maior antipatia, e comprazia-se em arremessá-los com violência de encontro às paredes, de mãos e pés atados, sem nenhum meio de poderem eles evitar os terríveis choques que lhes fraturavam os ossos!"

No início dos acontecimentos, quando os rebeldes estavam dando pau em todas as tropas federais, o valente governo imperial chegou a pedir o auxílio dos ingleses para reprimir a revolta. Ou seja, em nome do Brasil Grande pediu a ajuda de uma potência estrangeira para massacrar a população brasileira. Parece ser o padrão de comportamento das grandes autoridades da pátria. O nacionalismo tem razões que escandalizam a razão.

Laura, que já estourou o prazo combinado de entrega das ilustrações para a editora Século, não tem imagens dos rebeldes. Tinha mais de um mês para fazer o trabalho e, mesmo assim, está atrasada. Mas não há boas imagens de referência nem de Angelin nem de outros rebeldes, como os irmãos Vinagre. Muito menos dos líderes mais populares, como o "célebre Joaquim Antonio, oficial da milícia rebelde, que tinha o comando de uma força de mais de 500 homens" e que foi condenado à morte pelo próprio Angelin por ser radical demais: "Proclamava uma liberdade a seu jeito, incluída a de escravos em geral", diz Angelin. Nem imagens desses misteriosos franceses radicais, veteranos da Revolução Francesa, que tinham ido se refugiar em Belém depois de serem exilados na Guiana Francesa.

Como esse fascinante Jean-Jacques Berthier, que Laura descobriu no livro *A Miserável Revolução das Classes Infames*, de Décio Freitas.

Laura suspeita que é por isso que o pessoal da editora Século pensou em ilustrações para o texto sobre a Cabanagem: porque a redação deve ter milhões de fotos de floresta, passarinho e peixe-boi, mas não tem imagens para ilustrar esse texto específico. Isso, por outro lado, dá uma vantagem a ela: não há nada que facilite a tarefa que os editores invariavelmente assumem de atazanar os ilustradores com observações a respeito de tal ou qual desenho estar errado. É algo muito tedioso ter que ilustrar textos históricos a respeito do qual todos têm sua imagem padrão na cabeça. Aguentar editores palpitando que o uniforme do excelentíssimo general Genocida Sampaio era verde e não azul, ou que as pontas dos bigodes do ilustríssimo senador Pervertido de Albuquerque apontavam para cima e não para baixo. Desenhar vultos históricos é tão chato quanto desenhar estátuas. Laura percebeu então que a Cabanagem é uma delícia de liberdade, também para desenhistas.

Inspirada pelo trecho do texto em que se compara os rebeldes a cobras venenosas, Laura resolve desenhar Belém invadida por rebeldes que têm cabeças e garras de animais. Caboclos, índios e negros com rostos de onças, de cobras, de macacos, insetos e jacarés. Seres antropomórficos ferozes, comendo pedaços de seres humanos brancos no meio da rua. A pesquisa de imagens de animais ela faz na internet. Para isso a internet e o computador são ótimos: para pesquisa, para receber mensagens, para escanear os desenhos e coisa e tal. Para desenhar não. Laura jamais desenharia com um mouse.

Um dia será famosa mundialmente e, quando perguntada sobre o que a levou a se tornar uma artista tão genial, dirá que as três principais razões foram o papel, o lápis e o nanquim. Todo mundo dirá: "Uau! Brilhante!" A não ser o irmão, que perguntará: "Que merda quer dizer isso?"

Tendo seu trabalho e seus devaneios interrompidos pela intromissão imaginária, mas sempre inconveniente, do irmão, Laura resolve ir à cozinha fazer um chá. O *Songs for Drela*, de Lou Reed e

John Cale, acaba bem no momento em que ela coloca água para ferver. No caminho de colocar outro CD, Laura repara no envelope que alguém jogou por baixo da porta. O que acontece? O senhor Antônio resolveu entregar a correspondência em cada apartamento? Boa notícia, porque o normal até agora é a correspondência de todo mundo ficar amontoada na entrada do prédio para que cada um pegue a sua. O arquiteto que construiu o edifício teve a brilhante idéia de colocar caixa de correspondência no corredor, para o lado de dentro, sendo que a porta fica quase sempre fechada. Para dentro e em um lugar que Laura só se tocou que existia depois de semanas morando no prédio. Conclusão: na maior parte das vezes, o carteiro joga as coisas lá na frente e vai embora.

Mas esse envelope não tem nada escrito, nem remetente nem destinatário. "Ah... tá em casa é meu!" – a curiosidade dela sempre pareceu uma forma de gula.

Laura abre o envelope e se arrepende: são três fotos, reproduções novas de fotos antigas, em preto e branco. Uma mulher loira, nua, jovem, desamparada. Em um depósito imundo, ou uma cela de prisão. Em uma foto ela aparece de corpo inteiro e esconde o rosto com as mãos, na outra ela aparece de cabeça baixa, como que também tentando se esconder. Mas a última é quase um close, e mostra as lágrimas no rosto dela, que parece tentar em vão sustentar o que lhe resta de dignidade. A moça está presa. No covil do Velho. Presa no tempo do Velho. Laura, agora, também tem lágrimas nos olhos.

8

Kocinas é um paranoico a quem não faltam inimigos reais. Nos últimos meses, Daniel já topou com alguns conhecidos, todos na mesma caçada ao velho cachorro louco. Colegas e ex-colegas da PF e gente que ele não sabe se ainda está na Abin. Chegou a trocar ideias com um velho amigo, Quintanilha, durante um encontro mais ou menos casual na rodoviária de Piraju, como se fossem dois representantes de vendas falando de clientes comuns e tomando uma cerveja.

– Você tá na vantagem, Quintas, já sabe para quem eu trabalho...

– A presidenciável? Tô sabendo, sim. Te sacanearam feio...

– Então... e aí... quem te mandou atrás do sujeito...?

– Não vai dar, cara. Essa você vai ter que descobrir sozinho... Mas te dou uma de presente: o Vampiro também tá na caçada. Cruzei aquele Queiroz, saca?

Daniel deu uma risada, com todo o sangue-frio que conseguiu arrumar. A notícia era péssima, mas não deveria ser uma surpresa: o Vampiro é bem informado e também um conhecido colecionador de dossiês, o rei da chantagem. Devia estar louquinho para colocar a mão em qualquer tipo de material que abreviasse a carreira política de Letícia. Mas Quintanilha pareceu não notar o desconforto do Daniel com a notícia:

– Ficamos nos cruzando em Osvaldo Cruz durante uma semana. Tava na cara que tanto eu como ele estávamos atrás do mesmo alvo. E o babaca do Queiroz ficava fingindo que não me via. Um pateta. Olha só: você me viu aqui em Piraju, veio, me cumprimentou, estamos aqui tomando essa cerveja e tudo bem... Depois é cada um por si... Mas não é por isso que vamos ficar de besteira...

– É isso aí, Quintas, mas você sabe que eu preferiria que o alvo fosse você para mandar um teco no meio dos teus cornos e resolver logo o assunto.

– E você acha que conseguiria? Iria ficar chorando de saudade... Mas é o seguinte, você me deve duas: te falei do Vampiro e de Osvaldo Cruz... Manda aí... tua vez.

– Rio de Janeiro...

– Rio... Não fode... Falar Rio não significa nada, não é informação nenhuma...

– Não, não é isso: o cara não pisa no Rio. Zanzou por São Paulo, Goiás, Mato Grosso, Paraná, Minas... menos em alguma cidade do Rio. Deve ter algum rolo, um medo qualquer...

– Ou é justamente ali que tá o ninho principal. Boa. Bate com o que descobri, mas eu não tinha sacado.

– Maringá...

– Na Vila Operária?

– Essa aí.

– Mas então não vale. Essa já foi, o cara não tá mais lá...

– É claro que não tá. E tá em Osvaldo Cruz? Também não. Estamos aqui falando de lugares que já caíram, não é isso? Falando de lugares onde ele não está.

– Tá certo, tá certo. Bom... você sabe da casa na Aclimação, em São Paulo?

Daniel pensou em inventar que sabia, "travessa da avenida..." mas a verdade é que não conseguiria nem chutar um nome de rua da Aclimação, apesar dos tantos anos que vivera em São Paulo.

— Essa é nova para mim...

— Ponto meu. Rua Virgílio Pavarin, número 54. Mas pode desistir... Ficamos de olho por semanas, pesquisamos com vizinhos. Se ele usou a casa, foi há muito tempo...

— Se é assim, por que vocês colocaram a casa na lista?

— Ô Aladim, acabaram os teus desejos... Minha vez: você já viu o cara?

— Não, mas falei com ele, por telefone.

— E aí?

— Ele está louco, clinicamente maluco. Sabe que vai estourar a cara no muro, mas continua assim mesmo...

— Escalante, como é que deixaram esse cara solto?

— Agora é você, Quintas, que está abusando. Ficou todo mundo solto... Diz aí quem foi preso... A anistia foi isso aí.

— Mas, cara, os outros podem ter feito o que fizeram, mas entraram... como dizer... aí... na linha. Não estão por aí sequestrando, torturando, matando...

— Como não, Quintas? Não se faça de bobo... Na Academia...

— Não! Você sabe do que estou falando... Iniciativa privada. Esse cara... é o que você disse: ele é psicopata. Tenho quase certeza de que... olha só... tem uma moça, militante estudantil... não adianta, não vou te falar de onde. Mas ela foi bem judiada. Tenho quase certeza de que foi nosso amigo. E tem uns outros casos que também são suspeitos... gente ameaçada...

— A dessa moça também é nova para mim... Onde foi?

— Não posso te falar... Mas você acaba descobrindo. Olha... o cara é Satanás...

Foi só de noite, no hotel, depois de pedir para o Caeto dar uma vasculhada no caso da militante estudantil e pedir para o Juliano dar uma olhada na tal casa da Aclimação, que Daniel pensou naquela possibilidade: e se o Vampiro, na verdade, não estiver na caça do material contra a Letícia? E se o Kocinas tiver algo contra o Governador? Algo que seja terrível o bastante para acabar com ele?

Esse esboço de possibilidade mudou tudo na cabeça de Daniel. Não faltam podres a respeito do Vampiro, mas será que existe algo tão sujo a ponto de fazer o pilantra ter medo? Foi a partir desse momento que a questão de encontrar Kocinas e seu arquivo deixou de ser objetivo profissional para se tornar algo pessoal. Agora, mesmo que Letícia desista, Daniel não vai parar.

9

Se Homero fosse um policial iria investigar o caso desse universitário assassinado na Avenida Corifeu. São só cinco quarteirões de sua casa. Teve uma nota na *Folha de São Paulo* e um pequeno texto no *Estadão*. Mas a *Gazeta de Pinheiros*, que está em campanha contra o que considera descaso das autoridades com o problema de drogas em torno da USP, está dando destaque para a história. Já publicou diversas matérias a respeito, com fotos do local do crime, do corpo caído no chão, e até duas do rapaz vivo, estudante e maconheiro da USP.

Homero leu tudo. Não porque estivesse especialmente interessado, mas porque ler e ver TV têm sido duas das poucas coisas que ele tem para fazer nesses meses em que ficou de molho em casa. Isso e comer a comida triste que a mãe faz com tanto carinho e esforço.

No início foi até pior: ele nem tinha como ler ou comer sozinho. Na verdade não tinha nem como limpar a bunda. Só podia ficar ali parado no quarto do hospital, torcendo para não aparecerem moscas ou visitas. Aquela sucessão de vizinhas e tias velhas. Várias que ele não conhecia, ou pelo menos não se lembrava. No dia em que abriu os olhos e deu de cara com a tia Ana, quase morreu de susto. Foi quase uma sorte que estivesse com tanta dificuldade para falar. Se pudesse, teria dito: "Caralho! Eu pensei que você estivesse morta!"

Mas agora está tudo bem. Ele só está mancando um pouco. O fisioterapeuta já virou amigo. E o doutor Gimenez também, ainda que tenha recomendado um psicanalista. Na próxima semana, Homero será obrigado a voltar ao trabalho. Por enquanto tudo o que faz é passar os dias lendo na varanda da frente da casa. Uma varanda de casa de fazenda, dentro da cidade de São Paulo. Quando a casa foi construída, aquele lado do Butantã era só mato. Essa casa e seu quintal são o que sobrou daquele tempo. Com seu imenso abacateiro, mangueira, limoeiro e jabuticabeira. É uma área verde que chama a atenção. Mas quando Homero era criança, seu quintal não era uma exceção. Na verdade, nem era o maior quintal da vizinhança. O da casa do Pipo, por exemplo, era muito maior. Aquele foi o playground dos três meninos – Paraná, Pipo e Homero.

Cecília separou-se do marido quando Homero era bem pequeno. Levou suas crias (além de Homero, duas meninas, Clara e Cibele, esta ainda um bebê) para morar com os pais dela, dona Inês e senhor Antero Sangirardi, delegado da Polícia Civil. O avô ganhava bem e passou a sustentar toda a família.

No mesmo dia em que a família chegou, Pipo veio se apresentar, sozinho e timidamente. Na época, Homero tinha uns quatro anos e Pipo já devia ter uns sete. Um menino bem magrinho, cabeludo. Dona Inês, que já estava toda feliz com a chegada da filha e dos netos, pareceu ficar ainda mais feliz com a visita do filho dos vizinhos: "Vejam, este é o Pipo, vocês vão ser amigos, ele mora na casa ao lado… Falem oi para ele". Homero e Clara obedeceram com aquele "oiiii" desafinado e tímido. Pipo respondeu com um monte de latidos. Dona Inês, Cecília e as crianças riram, e Antero explodiu em irritação: "Moleque retardado! Essa praga não sai daqui!" Pipo pulava pela cozinha, latindo e agindo como se fosse um cachorro.

E foram só latidos que Homero ouviu dele nos primeiros dias. A tal ponto que até levou um susto no dia em que Pipo falou com ele pela primeira vez: "Aí cara… eu vou te apresentar o bairro, fica tranquilo que conheço tudo por aqui". Foi como se um cachorro falasse. Dali em diante, Pipo parou de latir para ele. Mas continuava a latir, e até rosnar, para o senhor Antero. Pipo sempre latiu muito bem.

Paraná mudou-se para lá anos depois. Tinha a idade do Pipo e os dois estudavam na mesma escola. Só agora, passado tantos anos, Homero percebe claramente que, desde o início, nem Pipo nem Paraná pareciam totalmente confortáveis na companhia um do outro. Eram inseparáveis, mas como aqueles presos acorrentados um ao outro. Pipo talvez achasse que Paraná era uma espécie de invasor. Paraná, por outro lado, não só reprovava mas até parecia bem envergonhado com as maluquices do Pipo. Um dos principais assuntos para iniciar uma briga entre os dois era algo ridículo que Pipo teria feito na escola ou, na versão do Pipo, alguma trairagem do Paraná, que teria deixado o amigo sozinho, sem apoio. Na versão do Pipo, Paraná teria "fugido de medo" ou algo assim.

Apesar das acusações do Pipo, a imagem que Homero sempre teve do Paraná era a da personificação da valentia. É um pouco engraçado que Paraná tenha tido tanta influência sobre Homero, apesar de a convivência entre eles ter sido de apenas uns três ou quatro anos. Paraná nunca mandou notícias depois que se mudou.

Quando pensa no caso, Homero se surpreende por saber tão pouco a respeito do antigo amigo. Era filho de um militar, viúvo. Tudo na casa dele era disciplina. Horário de fazer ginástica, horário de fazer lição, horário de voltar para casa, horário de ajudar a limpar a casa, horário de engraxar os sapatos do pai... Fora isso, Homero não sabe de nada. Nunca soube, por exemplo, de que a mãe do Paraná tinha morrido, ou quando. Não sabe sequer o nome da mãe e do pai dele, que, pelo que se lembra, era coronel.

Por outro lado, os três meninos não costumavam falar dos pais. Talvez porque um não tivesse pai, o outro não tivesse mãe e o outro fosse muito infeliz pelo pai e pela mãe que tinha. Justamente o único que tinha pai e mãe era o que mais parecia órfão. Pipo tinha também a maior casa, mas parecia um moleque de rua. E, apesar de andar sempre com as roupas rasgadas, bem esculhambado, era o burguês da turma. Seu pai era um bancário que estava se tornando banqueiro, rico, algo que Pipo só perceberia tarde demais, quando nada mais poderia ser feito.

Como os dois eram mais velhos que Homero, este era tratado como o irmãozinho. Aquele que é sempre protegido e também aquele que é sempre sacaneado. Seja como for, estava desclassificado de cara na competição constante do dia-a-dia dos outros dois meninos. Homero jamais teria a esperança de ser o mais forte, ou o mais esperto, ou o mais rápido. Essas eram disputas dos outros dois. Homero, no entanto, tinha seu lugar, e bem nobre. Era o juiz. Aquele a quem eles recorriam para dar a palavra final: "Pipo ganhou!", "Paraná é o mais forte!" e tal. Sua função era quase sagrada: raramente seu veredicto era questionado. Restavam às vezes resmungos a respeito de supostas trapaças ou diferenças de critérios. Mas não se colocava em questão a imparcialidade do juiz. Porque, de fato, nunca houve parcialidade. Homero sempre considerou os dois em pé de igualdade: dois heróis. Hoje percebe que nunca desejou tanto uma coisa como ser igual a eles. Um objetivo impossível de ser realizado: ainda que fossem ambos fãs dos mesmos desenhos animados, estudassem na mesma escola e fossem frequentemente confundidos como sendo irmãos, Pipo e Paraná eram duas pessoas muito diferentes.

O campo de futebol, como sempre, revela toda a verdade: Paraná era o líder, o capitão do time, o mais preparado fisicamente, o mais confiante e confiável. Pipo surpreendia sempre: aqueles que o conheciam sempre ficavam surpresos a cada rara vez que ele concordava em jogar. Aqueles que não o conheciam sempre acabavam surpresos com o fato de jogar tão bem. Era o driblador, aquele que sempre fazia gols maravilhosos. Mas Pipo era também o provocador, aquele que brigava com todo mundo, incluindo o próprio time. Jogo com o Pipo sempre acabava em pancadaria. Paraná poderia ter se tornado um bom jogador, mas nunca um craque. Pipo poderia ter se tornado um craque se não fosse necessário antes fazer parte de um time.

Um dia Paraná disse: "Eu vou ser piloto de avião, de caça, militar". E Pipo: "Eu vou ser..." e procurou uma resposta esperta, mas não tinha. Passado os segundos fatais tentou um "Eu vou ser um traficante da pesada, com um avião". Mas já tinha perdido o debate relâmpago. Homero, silenciosamente, deu a vitória a Paraná.

Quando a família do Paraná foi embora, Homero assumiu a responsabilidade de manter viva a memória do amigo que se fora. Esforçou-se para ser ele o contraponto do Pipo. Fosse Pipo a se mudar, Homero teria talvez se tornado o maluco maconheiro local. E Paraná estaria ali, feito o Grilo Falante, para dizer "não faça isso" ou "não faça aquilo". Como foi o Paraná que se foi, o cargo de Grilo Falante foi precariamente herdado por Homero.

Pipo virou Pipo Pirado. Pirou quando a família vendeu a casa e o terreno. A casa foi imediatamente demolida. Talvez como forma de todos se assegurarem de que Pipo não voltaria. Mesmo assim, apesar do apartamento de luxo que a família tinha agora no Morumbi, Pipo continuava zanzando pelo antigo bairro e, com frequência, acabava dormindo na casa do Homero.

Mas só passaram a chamá-lo de Pipo Pirado mais tarde, quando ele descobriu que sua antiga casa e seu quintal gigante dariam lugar a um condomínio de luxo. Deveria ter uns 18 anos na época. Alucinou mesmo. Esqueceu escola, namorada e tudo mais. Estava bêbado ou chapado o tempo todo. Zanzava entre tapumes, tratores, árvores serradas, chorava e fotografava as coisas. Essa era uma de suas manias desde pequeno: fotografar todo mundo. Ele andava pelo terreno onde tinha sido sua casa, chorando e fotografando. Às vezes inventava briga com os operários. Homero chegou a defendê-lo em algumas ocasiões.

Em determinado momento, Pipo sumiu. A família o tinha internado em um centro para drogados, em Jacareí. Quando voltou, parecia mais calmo, como que decidido a ignorar as coisas que o chateavam. Deixou de brigar e passou a fingir que não notava suas fontes de chateação de uma maneira por vezes até irritante, que lembrava suas velhas provocações. Não brigava mais com a família, ignorava-a. Continuou perambulando pelo antigo bairro, mas não dirigia o olhar para o lugar onde agora havia aquele grande condomínio. Seja como for, sua fama de maluco um tanto perigoso já estava consolidada: havia os que riam dele e os que atravessavam a rua quando o viam.

A história mais popular entre os moleques do bairro é a de que o Pipo teria estragado a cabeça com um chá alucinógeno de lírio. Assim, a figura do Pipo funcionava como um alerta às novas gerações: não façam chá de lírio ou vocês ficarão como ele.

O único lugar em que ele era tratado como uma pessoal normal era na casa do Homero. Passava o dia vadiando por ali, mesmo quando o amigo não estava em casa. Na verdade, passava mais tempo na casa do Homero que o próprio. Como se alguém tivesse dito "sinta-se em casa" a sério. Era da família. Cecília até deixou que ele montasse uma espécie de laboratório fotográfico improvisado em um dos quartinhos da edícula.

Pipo cuidava do pomar feito um jardineiro. De vez em quando aparecia com uma picanha e inventava um churrasco. Ou tomava a cozinha de Cecília e preparava um jantar de luxo para todo mundo. Cecília adotou-o como se fosse parente. Como se ele fosse uma herança da mãe, a ridente Dona Inês, que adorava o Pipo e morreu poucos anos depois da chegada da família, para imensa tristeza de todos, mas especialmente dos dois: Cecília e Pipo. Homero se lembra da cena. Cecília e Pipo, ainda um menino na época, chorando abraçados no funeral. Ela perdeu a mãe, ele parecia ter perdido tudo. Era o cachorro sem dono. Quando os pais dele apareceram no funeral, Pipo já estava lá. Quando foram embora, tentaram discretamente levar o filho. Acabaram desistindo.

Depois da morte de Dona Inês, Cecília assumiu a administração da casa, a cozinha, a tarefa de interlocutora da família com Antero e também a tarefa de se preocupar quando Pipo se ausentava. "Meu Deus, onde anda esse menino?! Ele não tem nada na cabeça..." O fato de Pipo reclamar da comida não abalava em nada seu amor por ele. O fato de ele estar frequentemente bêbado parecia não ser registrado por ela, que também parecia nunca sentir o cheiro de maconha. Homero viu Cecília conversar algumas vezes, por telefone, com a mãe do Pipo: "Não, claro que não... ele não incomoda em nada... Não se preocupe... é só uma fase difícil... ele é um bom menino... todo mundo aqui adora ele..."

Esse negócio de todo mundo da casa "adorar" o Pipo certamente não incluía Antero. Sua antipatia por Pipo já estava nos mais antigos registros da vizinhança: a profética frase "Esse menino não vai dar em boa coisa", segundo consta, teria sido dita quando Pipo tinha apenas cinco anos de idade. Disso, Homero, que tinha então dois anos, não é testemunha. Mas é testemunha de muitas das escaramuças posteriores. Porque era também explícita a antipatia de Pipo pelo dono da casa que o adotara. As discussões entre os dois nunca chegaram a ser muito longas nem muito elaboradas. Só a franqueza aumentou:

– Maconheiro filho-da-puta! Bicha!

– Melhor maconheiro que torturador! Velho corrupto! Assassino! E aí... quantos você matou?

Que dona Inês e Cecília considerassem isso tudo normal era algo que surpreendia todos, menos os dois debatedores.

A partir de determinado momento, Homero começou a se afastar de Pipo. Mais e mais, sentia vergonha pelo amigo. Como Paraná costumava sentir. E à medida que Pipo enlouquecia, Homero se esforçava para ser mais adulto, sério, careta e disciplinado como Paraná costumava ser.

Pipo não deixou de notar o esforço do amigo em se tornar uma pessoa madura, um novo Paraná, mas respondeu a isso com sarcasmo. Ria de tudo: do corte de cabelo "coxinha" à maneira de usar camisa por dentro da calça. Isso tudo irritou tanto Homero que foi quase como uma provocação que ele um dia disse:

– Vou me alistar, quero servir.

– Ah! Quer ser soldadinho, igual ao outro?

– Igual a quem?

– Igual ao Paraná, quem mais? É bacana... para quem gosta de viver cercado de homens, marchando de bundinha arrebitada, lambendo coturnos...

Homero ficou perplexo. Não porque se sentisse ofendido com o blablablá antimilitar do outro, mas por outras duas razões muito perturbadoras. A primeira foi descobrir que, aparentemente, Pipo e Paraná tinham mantido algum tipo de contato depois da mudança. Ainda que jamais admitisse nem para si mesmo, Homero sentiu algo muito parecido com ciúme. A outra razão foi perceber claramente a mágoa de Pipo contra Paraná. Foi um esclarecimento repentino: mesmo que nada tenha sido dito, ele percebeu que Pipo não perdoava Paraná por ter se mudado e essa mudança ter ajudado a modificar a paisagem do bairro. E isso, para Pipo, era imperdoável.

Homero não se tornou soldado. Vários problemas impediram isso na época, incluindo a campanha zombeteira do Pipo, que convenceu a quase todos da família (menos Antero, é claro). E também teve o início do namoro com Selma. Homero tornou-se um bancário, o que em geral é uma maneira de passar o tempo até se arrumar alguma profissão de verdade.

À medida que se afastava de Pipo, Homero até melhorou a relação com o avô. Apesar de ser oficialmente o dono da casa, Antero sempre foi como aqueles reis que não mandam em nada. Reclamava, bufava e resmungava, mas a casa sempre foi o reino de Inês e, depois, de Cecília. Mesmo após se aposentar, Antero continuou bem ativo na associação dos delegados. E essa atividade, mais a administração de seus diversos negócios imobiliários, mantinha o avô fora de casa, para satisfação dele e de toda a família.

Desde pequenas, as crianças aprenderam a manter distância de Antero. Afora as broncas e ameaças, Homero se lembra de ouvir poucas palavras do avô além de um "Ô menino, você viu tua avó?" ou "Vai lá fora buscar o jornal". Homero imagina que deve tê-lo ouvido dizer algo como "Feliz Natal" ou "Feliz aniversário", mas, por mais que force a memória, não consegue se lembrar de nenhum desses momentos.

Era um mistério a razão pela qual Antero e Inês acabaram se casando. Dificilmente poderia se imaginar duas personalidades tão diferentes: enquanto ele era só irritação e impaciência, ela era sorrisos, risos e gargalhadas.

A situação de Homero na infância talvez tenha sido um pouco pior que a das irmãs, porque Antero parecia às vezes confundi-lo com o sempre odiado Pipo. Mas à medida que, depois dos 18 anos, conseguiu parecer um rapaz a caminho de se tornar um adulto, alguém bem diferente de Pipo, Homero começou também a trocar algumas palavras com o avô. Um ou outro comentário a respeito do Palmeiras, críticas ao Barrichello ou reclamações contra o barulho das mulheres na hora que alguém tentava ver o futebol na TV. Mesmo assim, não havia nada que pudesse ser chamado de relação paternal ou algo assim. Por isso, Homero ficou surpreso quando um dia, do nada, o avô falou:

– Em vez de Administração ou dessa porra de Educação Física, por que você não estuda Direito? Tem aí os concursos de investigador, delegado... Eu te ajudo depois... O salário é uma merda... mas com Educação Física vai fazer o quê? Ginástica olímpica?

Homero abandonou o curso de Educação Física e foi fazer Direito. Conseguiu manter suas intenções em segredo, principalmente porque foi nessa época que alguém descobriu que Pipo era um gênio da fotografia. Como tudo mais a respeito de Pipo, seu sucesso foi algo maluco. Uma hora ele era o doido do bairro, na outra estava com exposição em galerias bacanas e até em museu. O pior é que uma dessas exposições era dedicada ao bairro onde moravam, com grande destaque para a casa de Cecília e a família Sangirardi.

Cecília estava orgulhosa como se Pipo fosse um filho dela, mas Homero quase caiu para trás quando soube que a exposição continha vários retratos da família. A mostra se chamava *Previdência*, o que já deixou Homero irritado: esse era o nome do bairro vizinho, e não do deles. Era uma exposição que misturava fotos novas e fotos antigas, que Pipo tinha tirado desde os oito anos de idade. Tinha, por exemplo, cinco fotos do Homero, desde criança até ficar adulto. Ou seja, Pipo ficou famoso e arrastou junto a família Sangirardi.

Um dia apareceu em casa com uma coroa alemã bonita. Era óbvio que era rica. Uma mulher toda elegante e gentil. Ulrich ou algo assim. Nome de personagem de algum filme do Conan. Estava entusiasmada por conhecer a família que aparecia nas tais fotos. Ela e

Pipo nem sequer se encostavam, mas estava claro que estava rolando alguma coisa, que a amabilidade dela com Cecília era coisa de candidata a nora. Semanas depois Pipo veio avisar que estava viajando para Hamburgo, Alemanha. Foi assim que ele deixou o bairro.

Antes mesmo de terminar a faculdade, Homero passou no concurso para investigador, em oitavo lugar. O salário era pior que o de bancário, mas Homero não tinha dúvida a respeito do que queria. Seu avô silenciosamente cumpriu a promessa: ativou os contatos e arrumou um jeito de Homero ser efetivado em um DP que não fosse na periferia no fim do mundo. O DP 113, o novo distrito, que passava a cuidar dos pedaços da Aclimação e da Vila Mariana em torno da Rua Vergueiro. Homero sabia que devia algo ao avô, ainda que este não tivesse cobrado nem um "obrigado". Mas agora nada disso importa. Antero está morto. Pipo está morto. E a culpa é de Homero.

Só agora Homero percebe que nunca soube o que queria ser na vida. Não nasceu para ser soldado ou bancário. Não nasceu para ser policial. Espera apenas a licença terminar para pedir demissão.

Se fosse mesmo um policial, como um dia sonhou ser, iria investigar a morte desse rapaz que foi assassinado na Corifeu, ainda que o crime tenha acontecido fora de sua jurisdição. Iria descobrir quem matou Luiz Rafael Paiva de Araújo com dois tiros de 38. Aparentemente era mesmo rolo de traficantes, mas Homero no fundo gostou da hipótese de que fosse a tal ex-namorada misteriosa, que ninguém sabia se existia mesmo.

10

O talento de Kocinas para escapar de todos é tamanho que Daniel se pegou admirando o velho escroto. Como o puto consegue? Podia dar aulas de fuga e tocaia na Academia (teria pelo menos um ex-torturador como colega de corpo docente, ou será que já defenestraram o doutor Porto?).

A tentativa de encontrar padrões de comportamento do Kocinas deu em quase nada. Tem uma coleção de RGs, é claro, mas nunca se preocupa muito em mudar de aparência. Talvez porque saiba que nenhuma das suas vítimas vai dar queixa ou um perseguidor fazer anúncio de "procura-se" nos jornais.

Às vezes Kocinas se aproveita da rede dos nostálgicos da Ditadura Militar. Dorme na casa de um aqui, toma o carro emprestado do outro ali. Pelo menos uma viúva se arrependeu bastante de ter dado abrigo ao "herói da pátria". Dona Yolanda Cardines virou uma pequena celebridade nos blogs de viúvas da Ditadura ao denunciar que tinha abrigado Flávio Kocinas (que ela chama de Roberto Spitzer) e que ele havia tentado estuprá-la. Dificilmente se saberá o que de fato aconteceu. Nas mensagens de outras viúvas que conheceram o tal Spitzer ele é descrito como "casto", "puro", "extremamente respeitoso", "dedicado apenas à luta contra o comunismo" e, é claro, "vítima de perseguição". Uma blogueira acusou dona Cardines de ser uma frustrada porque tentou dar e Kocinas não quis. É possível, mas Daniel conheceu Yolanda, e os hematomas e cortes pareciam bem reais. Vai saber quantas outras mulheres não foram vítimas e não quiseram abrir a boca... No ranking dos sádicos estupradores da Ditadura Militar, Kocinas ocupa um dos primeiros lugares.

Foi graças à dona Yolanda que Daniel conseguiu uma pista: rastreou algumas das pessoas que apareceram nos blogs louvando Spitzer. Localizou um que, de fato, tinha dado abrigo ao sujeito: um nerd gordo, de uns 40 anos, metido a lutador de jiu-jítsu e morador da Vila Industrial, em São José dos Campos. Fusão de toneladas de Baconzitos, panfletos nazis, Batman, Coca-Cola, revistas pornôs, hambúrguer, Jornada nas Estrelas, Toddynho e *fast trash food* diversos, André Lazar é o filho que sobrou do falecido coronel Lazar, que por sua vez "foi um dos heróis que impediram que o Brasil virasse Cuba".

Ainda que a casa fedorenta de André não seja o arsenal que ele imagina ser, tem armas o bastante para botá-lo na cadeia. Então foi fácil tocar o terror: "Polícia! Polícia! Na parede..." E rapidinho aquela bola de banha estava de joelhos, chorando e pronta para contar tudo a respeito de todos, incluindo seu amigo Roberto Spitzer. Depois Daniel o convenceu de que "tudo bem, você fica na boa, vamos resolver a coisa pra você, mas é o seguinte: estamos de olho. Fica na sua, bico fechado. E o material aqui tá apreendido…" O idiota nem pediu um papel atestando a apreensão do computador e das armas.

Caeto ficou feliz com uma máuser que tomou para ele. Juliano escolheu um trabuco velho para dar de presente ao pai. O resto foi para o museu submerso do Rio Paratinga. É claro que o imbecil não iria resistir muitos meses a abrir a boca em algum blog de solitários corações fascistas, choramingar contra a violência e coisa e tal, mas até lá Daniel esperava já ter resolvido o caso. Com muita ajuda do que descobriu com o babaca.

A informação que, de cara, mais assustou Daniel foi saber que Kocinas tinha tido umas "aulas de informática" com o Lazar. Até o momento, o cachorro velho insistia em se manter na era analógica. Diversos de seus abrigos descobertos até agora tinham laboratórios fotográficos improvisados. Agora Kocinas entrava na era digital, o que significa que tudo poderia ir parar em CDs, pen drives ou, pior, na rede.

Daniel descobriu também que Kocinas tem algum amigo poderoso na Embraer. Impossível saber quem. Pelo menos por enquanto. Mas já dava para suspeitar que talvez fosse uma das fontes de renda de Kocinas, que pelo jeito sempre teve mais de um refúgio na beira da Dutra. Nunca dormiu na casa do filho do coronel mais de uma vez seguida. Mas passou semanas zanzando por ali.

Foi com essa base um tanto frágil que Daniel chegou à conclusão de que Kocinas tem sempre dois refúgios próximos um do outro. Na mesma cidade ou no mesmo bairro. Às vezes um quarto de hotel, às vezes um quarto de pensão, às vezes uma chácara e ao mesmo tempo um lugar na casa de algum velho fascista ou alguma viúva de militar... Quando um abrigo cai, ele abandona o outro logo na sequência. Vem circulando: Foz do Iguaçu, Americana, Campo Grande, Brasília, Londrina, Uberaba, Jundiaí, Goiânia... A fonte de grana para tal movimentação é motivo de uma curiosidade cada vez maior. Os chantageados seriam tantos assim?

Foi checando a Dutra que Daniel chegou à toca em Jacareí, uma pequena cidade bem próxima da São José dos Campos do André Lazar. Um bairro humilde da cidade. Os vizinhos, mesmo as velhinhas fofoqueiras, não conseguiram precisar quando Kocinas surgiu. A placa de "aluga-se" tinha sido retirada da casa havia vários meses, mas não tinha aparecido o morador. O nome dessa vez era Júlio Teixeira, pelo menos foi o que disse a dona da casa, moradora de outro bairro, uma velha senhora chamada Deolinda Cruz, que se lembra de ter recebido três aluguéis adiantados, mas não se lembra quando. "Espere um pouco, vou achar os papéis..." Os documentos da própria tumba ela encontrou rápido, mas os da locação da casa... "Estranho... guardo tudo nessa gaveta... vê aqui: tem até o registro do falecido... E olha essa foto: quando a gente mudou para cá, em 1962, isso aqui era tudo mato..." É claro que não encontrou nada. Quanto a Julio Teixeira: "Mas ele parecia um homem tão sério, um tipo militar, vocês têm certeza de que é ele mesmo?"

Era uma casa simples, pouco mais que um casebre. Já vinha com fogão, mesa, armário, guarda-roupa e cama. Tudo comprado em alguma Casas Bahia de 1800. Mas o que provava que Kocinas tinha vivido ali era o laboratório fotográfico improvisado no banheiro e aquelas pastas cheias de documentos velhos. Um historiador dos anos 60 e 70 teria um orgasmo. Fotos de generais, políticos, festas, gente na prisão, fotos de carros metralhados, prisioneiros ajoelhados na floresta, relatórios do Exército, transcrições de interrogatórios...

Mas nada relativo a Letícia. A encomenda para Daniel era encontrar o Kocinas e o material sobre a patroa. Ninguém falou nada de qualquer outra coisa que encontrasse. A partir daí, Daniel começou a fazer uma seleção do material: alguma coisa ele mandava para a Letícia, mas a maior parte, o que considerou mais curioso, começou a esconder em um lugar seguro, próprio. Junto com a coleção que vai formando a respeito das grandes personalidades do Brasil Contemporâneo. Quem sabe não garante assim sua aposentadoria?

O problema foi que, na hora em que eles deixavam a casa, chegou a PM. E na sequência uns investigadores da Polícia Civil, já com as pistolas na mão. Aquilo virou um circo. Daniel se apresentou como sendo da PF, mas os caras ficaram desconfiados e começaram a telefonar. Então Daniel mandou todo mundo à merda e caiu fora. No meio da gritaria geral.

A notícia chegou até o Vampiro, é claro, que deu uma intimada no Presidente da República para detonar Letícia. Daniel teve que fugir correndo de São Paulo para não perder o emprego nem a cabeça.

11

Poderia ser ela naquela prisão. É isso que o Velho quer dizer? Não é só isso. É um aviso: logo será a vez dela, Laura. O que fazer? Ligar para a polícia está fora de cogitação. E dizer que tem um ex-torturador solto? Mas estão todos soltos! Todos foram anistiados! Estão no Exército, na Polícia... Denunciar que tem uma moça que foi torturada há trinta anos? Ligar para um jornal? E dizer o quê? E a moça? Será que está viva? Sobreviveu à prisão? Quantos anos tem agora? Na foto parece ter uns vinte anos, mas e hoje? Cinquenta?

A vontade é de jogar tudo fora, de imediato. As fotos e o envelope. Tem nojo da idéia de estar segurando algo que passou pelas mãos daquele velho escroto. Laura começa a arrumar a mochila, apressada, atabalhoada. Mas desiste. Não dá tempo de chegar à rodoviária para pegar o último ônibus para Rio Claro. Além do mais, tem medo de sair do apartamento. Dar de cara com o Velho na rua. "Agora de noite, não. Amanhã cedo."

E a moça? O que aconteceu com ela? Laura olha de novo as fotos. Tem a pertubadora sensação de que a reconhece. Quem é ela?

Laura tem um parente distante que foi preso na época da ditadura. Um tio-primo de quem nem se lembra o nome. As tias contam que ele era um playboy e foi preso por engano. Saiu com uma moça e, quando foi deixá-la em casa, foram ambos presos. Depois ele foi descobrir que a moça era ligada de alguma maneira a um grupo subversivo. Mas só depois de penar bastante. Saiu apenas porque o pai era um advogado com bons contatos. Na época, Laura nem tinha nascido, é claro. Ouviu a história nas conversas das tias, sem prestar muita atenção. Nunca conheceu o tal tio-primo. Nunca perguntou, aliás, só agora pensa nisso, o que aconteceu com a tal moça.

Lembra-se de um texto que leu anos atrás em uma revista feminina. Falava de assédio sexual pelo telefone, trotes telefônicos de pervertidos. Cretinos que fazem ligações com o objetivo de sentir prazer com o medo das vítimas. Quanto mais as pessoas se assustam, mais eles sentem prazer. A matéria tinha uma lista de coisas para afugentar esse tipo de sujeito. A primeira era ligar para a polícia. Por isso Laura nunca terminou de ler a matéria. Mas lembra-se vagamente de que havia algum conselho para que não deixasse transparecer o medo. Tratar o imbecil com frieza e impessoalidade de uma operadora de atendimento de uma companhia telefônica.

Não tem polícia, não tem irmão, não tem namorado. Quem vai resolver a questão é ela mesma. Tem algo muito melhor que spray de pimenta ou aparelhinhos de choque elétrico. "O escroto vai dar de cara com o meu 38. *Make my day*, babaca!"

Não vai abandonar a cidade por causa do Velho Cretino. E vai descobrir quem era aquela mulher da foto.

12

Daniel tenta fazer um dos exercícios de respiração recomendados por Rajneesh, daqueles que reequilibram a mente mesmo em situações extremas de tensão e frustração. Tenta fazer isso discretamente, sem ser notado por Juliano, que está ao seu lado no carro, ambos de olho no lugar que irão invadir.

É uma casa que deve ter sido construída lá pela década de trinta ou quarenta. Não é um palacete, mas é bem grande pelo que dá para se ver da rua, que fica um nível abaixo. Para entrar na casa é preciso passar pelo portão e subir uma escadinha, que nos bons tempos deve ter sido cercada de hortênsias, mas hoje está quase coberta pelo mato e pelos arbustos que já quase se transformam em pequenas árvores.

Das duas dicas do Quintas, a da casa na Aclimação era a que Daniel acreditava ser furada. A da tal militante estudantil sequestrada era aquela em que ele mais apostava. Porém, por mais que procurassem, não conseguiram nada de concreto. É claro que todos os dias tem pelo menos um militante de esquerda sofrendo algum atentado no Brasil. De líderes sem-terra a sindicalistas, são mais de 200 assassinados só nos últimos dois anos. Mas, em cada caso, os culpados são tão óbvios – de latifundiários a gerentinhos de multinacionais – que só mesmo uma das polícias brasileiras para arquivar os casos como sem solução. Não há mistério.

E não há, pelo jeito, Kocinas. Quando Daniel já abandonava as pistas dadas pelo cretino do Quintanilha, tocaram a campainha.

Juliano avisou que a tal casa da Aclimação estava mesmo abandonada, que dava para ver que o pó reinava ali dentro fazia anos. Daniel ouvia a explicação quase sem prestar atenção até que Juliano confessou ter tocado a campanhia.

— Como? Tocou a campanhia?

— Toquei a campanhia... só para ver...

— Ver...

— Sei lá... se alguém aparecia...

É por isso que Daniel está aqui. Se a campanhia tocou é porque tem alguém pagando a conta de eletricidade da casa abandonada.

Juliano tenta mostrar serviço. Descobriu que a casa não é habitada há pelo menos 15 anos. Não está à venda, nem para alugar. Descobriu quem é o dono da casa. Daniel viu a ficha do sujeito e achou melhor não contatá-lo: é um velho coronel reformado. Aí tem...

Às nove e trinta da noite, Daniel diz: "Vamos lá". Atravessam a rua e entram na casa como se fossem os donos. Nada de parecer furtivo.

Juliano revela mais um talento: o de perfeito arrombador de portões e violador de fechaduras. Não demora nada para abrir a porta da sala. Não acendem as luzes. Vão explorando o lugar, lanterna e pistola nas mãos. O pó se levanta a cada passo. Juliano sobe para o piso superior e Daniel segue em frente no térreo.

Não há nada, ninguém anda por ali há muito tempo. Daniel abre uma porta e topa com o que deve ter sido um armário, mas que hoje poderia ser um confortável quarto de empregada de um apartamento moderno. Ou um bom cativeiro para sequestro. As paredes internas da casa têm quase trinta centímetros de espessura. Ele entra no que deve ter sido uma sala de jantar. É até pequena, se comparada com a primeira sala. A porta seguinte deve ser a da cozinha. Daniel abre e o que vê pode ter sido uma cozinha, mas agora é um laboratório fotográfico improvisado. As janelas estão cobertas com alguma coisa, os vidros parecem pintados. Um varal, com fotos e negativos pendurados, corre por cima da grande pia. Ao contrário do resto da casa, essa área tem sido ocupada. Daniel apaga a lanterna e fica parado na escuridão, ouvindo o silêncio. Percebe outra porta. Não vai esperar o Juliano.

É um lugar que deve ter sido uma área de serviço. E ali está outra porta, que dá para o quintal. É um quintal esquisito, muito estreito e que vai afunilando ainda mais no final. É só cimento, e está cercado de grandes muros, um deles com uns sete metros de altura. Há uma pequena edícula e, colada no muro oposto, sobe uma escada de concreto, comprida e estreita, tosca, com um corrimão frágil, feito de cano. No alto da escada há um portão de ferro. Daniel quase que dá risada: os fundos da casa chegam até a rua de trás. Será que ninguém notou isso? Enquanto os manés vigiavam a frente da casa, Kocinas podia entrar e sair à vontade pelos fundos.

13

Quanto mais a noite avança, mais a ideia parece idiota. Um dia antes Laura estava mais animada. Talvez porque estivesse mais furiosa. Mas nesta segunda noite ela hesita. Duvida da decisão tomada duas noites antes. O que ela sabe de armas além do que aprendeu lustrando essa e dando uma olhada na internet? Nunca deu um tiro. Ela vai fazer o quê? Inventar um tiroteio no corredor do prédio? Ela é quem? Laura Croft? E as balas podem estar vencidas. São as mesmas que o pai comprou sabe-se lá quando. De repente, ela aperta o gatilho e a porcaria explode na mão dela.

Além do mais, o Escroto não apareceu ontem. Pode não aparecer hoje também. Talvez já tenha tido a sua diversão e nunca mais apareça. Ela vai ficar sentada no sofá com a arma na mão todas as noites até quando?

O mais sensato é o seguinte, Laura: faz uma ligação anônima para a polícia. Diz que tem um velho tarado filho-da-puta zanzando pelas ruas Topázio, Paula Ney e tal. E dá uma descrição do nojento. Mas, além de duvidar que a polícia vá fazer alguma coisa contra um policial, Laura tem medo de acabar se identificando de alguma maneira. E, falando em identificar, como ela vai descrevê-lo? Branco, mais ou menos um metro e setenta, uns 60 anos, com os cabelos sebentos que restam penteados para trás, óculos, calça jeans, camisa sem mangas. A polícia vai rir da cara dela: em nenhum lugar de São

Paulo existem tantos velhos com essas características como no bairro da Aclimação. Se eles derem uma batida no Parque vão encontrar uns cinquenta com essa descrição, a qualquer hora do dia. E vários deles devem ser uns pervertidos também.

Outra solução seria mandar as fotos para uma ONG de direitos humanos ou uma revista de esquerda e falar que o culpado continua na ativa, atacando mulheres na Aclimação. Mas o que uma ONG ou uma revista alternativa podem fazer? Berrar? Pensando bem, é o bastante para começar, então é isso que Laura vai fazer. No dia seguinte. Anonimamente.

Existe outro porém, muito mais importante: e a mulher da foto? Será que quer ver aquelas fotos tornadas públicas? Será que hoje não é uma dona de casa, mãe ou até avó que tenta esquecer aquele tempo? E se estiver morta? A família vai querer ver sua filha ou irmã daquela maneira?

Filho-da-puta de velho escroto! Seria muito bom vê-lo de joelhos, pedindo perdão, antes de levar o tiro na testa.

Laura acorda com som de passos. Sonolenta, vê que o relógio marca 00:03. Os passos se distanciam no corredor. Apesar de as luzes da sala estarem apagadas, ela vê o envelope no chão. Vacila ante a idéia de abri-lo, mas abre. O choque é tão grande que as fotos caem de suas mãos.

São três fotos de cadáveres, cheios de hematomas, sangue saindo do nariz. Estão em algo como uma cova aberta improvisada no mato. Dois rapazes e uma mulher loira.

Quando abaixa para pegá-las, Laura vê mais um envelope, que estava dentro do outro. Já está meio aberto e de dentro saem mais seis fotos. Quem aparece nelas é Laura, andando na rua, entrando no prédio, parada na frente da vitrine da Livraria Cultura.

Ela levanta, calça um par de tênis, pega o 38 e sai. Laura vai encontrá-lo. Nem pensou no que vai fazer depois.

14

Kocinas coloca a maleta no chão para poder pegar as chaves. Assim que abre o portão, sente que há algo de estranho. Algo como o tipo de silêncio que ouviu em tantos bares e puteiros quando ele entrava. Aquele silêncio que surge quando alguém avisa: "Quietos, a polícia está chegando!"

Percebe que tem que ir embora. Passar mais uma noite na pensão.

"Porra! Hoje não... Justo hoje que eu tive que tirar o material da minha outra toca? Agora vou ter que carregar isso para onde?"

Então ele vê a arma, o 38. Isso foi fatal. Pula portão adentro e no meio do pulo percebe o ridículo: quem carrega a arma é aquela moça. No meio do pulo acha graça da situação. No meio do pulo tenta voltar, pegar a própria pistola, mas se atrapalha, tropeça e cai. Naqueles segundos que restam é invadido por um medo infinito. Sabe que vai morrer. "Não era para ser assim. Não é justo que isso aconteça agora... A dor..."

Laura continuou andando na direção do portão. Como se as pernas insistissem em se mover contra sua vontade. O que Laura queria era sair correndo para o outro lado, qualquer outro lado.

Ela nunca havia notado esse portão de ferro nem prestado atenção no terreno murado ao lado de seu prédio. Era só um muro alto com um portão enferrujado. Foi por onde o velho pulou e sumiu. Parece que caiu ou algo do tipo. Ficou aquela maleta sozinha na calçada.

Ela se aproxima e vê que lá dentro é só escuridão, mas a luz que vem da rua ilumina bem a entrada, onde começa uma escada tosca de cimento. Lá embaixo está o velho, caído e todo retorcido. Morto.

"Que foi que eu fiz? Eu matei o homem!"

Por algum reflexo pirado, Laura pega a maleta. E sai correndo para o seu apartamento.

15

Os dois se mantinham paralisados desde que ouviram o barulho do portão abrindo e viram uma faixa de luz atravessar o quintal. Teve aquele barulho de algo rolando pela escada. Daniel e Juliano ficam à espreita do que pode ainda acontecer. Mas já têm as pistolas na mão. Estão na edícula daquela velha casa, a velha casa de Kocinas.

Quando tem certeza de que o silêncio voltou a reinar, Daniel faz um sinal para que Juliano vá até a janela. Enquanto isso, vai abaixado até a porta e sai. Vê o corpo caído no pé da escada. Em torno da cabeça do morto já se forma uma poça de sangue.

Ainda abaixado e encostado à parede, Daniel caminha até o corpo. Não é preciso ser legista para notar que o filho-da-puta está bem morto. Sem ter certeza de estar sendo visto, acena para que Juliano se aproxime. O parceiro chega e Daniel avisa que vai subir as escadas. Juliano segura o braço dele e sussurra:

– Acho que ouvi passos, você ouviu?

– Não – diz Daniel, mas sabe que ter praticado exercícios de tiro bêbado e sem a proteção adequada fodeu com sua audição.

Começa a subir a escada. Vai encostado à parede, porque a escada é tão estreita e o corrimão é tão tosco que qualquer tropeção levaria Daniel direto para o mesmo inferno no qual Kocinas deve estar sendo recepcionado agora.

Quando chega lá em cima, Daniel toma fôlego antes de botar o corpo para fora.

Ninguém. Não há pessoa alguma na rua.

Daniel volta rápido para dentro. É claro que não quer ser visto. Com cuidado, encosta levemente o portão: ele e Juliano têm o que fazer, e a última coisa que vão querer é que justo agora apareça a PM ou algo assim.

– Vamos rápido. Pega o que tiver de fotos, arquivos e o que for.

Vai até o corpo, procura a carteira. Rui Afonso Azevedo. Esse nome é novo. Como é que o puto conseguiu tantas identidades?

Com cuidado para não mover muito o corpo e não encostar no sangue, Daniel tira o revólver que ficou grudado na mão do morto. "Nada de armas. É melhor que os vizinhos lembrem de você como um velhinho bem bonzinho..."

Depois disso vai até Juliano:

– E aí? Ok?

– Tudo certo, vamos.

Antes de sair, Daniel deixa algumas notas de dinheiro sobre a mesa na edícula. Juliano mostra que é tão bom para fechar como é para abrir portas. Tudo fica como se ninguém tivesse passado pelo local. A não ser pelas pegadas na poeira da casa.

***

Às cinco da manhã, Laura saiu de mochila e foi para o metrô. Partiu para a casa da mãe. Não olhou para trás.

16

Bastaram três meses no DP para Homero ganhar um novo nome: Omo. Quem batizou foi o Siqueira, o rei do pedaço, aquele que manda e que tem, entre outras prerrogativas, aquela de determinar o novo nome do novo investigador de polícia a cair por ali. É Omo de limpeza, porque Homero não aceita a parte dele nos butins e nas "mensalidades" pagas pelo Chinês. Claro, também é Omo de homossexual. Homero até suspeita que o Siqueira seja iletrado a ponto de achar que se escreve "omossexual".

Agora, passados os oito meses durante os quais esteve de licença, Homero descobre que o uso do novo nome se generalizou. Todo mundo o chama assim, sem maldade. Até Suzette, a escrivã gostosa de cara bexiguenta e bunda arrebatada.

Para alguém que sonhava ser um superinvestigador, Homero demonstrou bem pouca capacidade de dedução. Demorou muito para perceber como as coisas funcionam no DP. Não entendeu que na particular hierarquia do lugar o investigador Siqueira manda mais que o delegado. E todo mundo vive em harmonia, cada um recebendo sua parte justa nas tungas que a turma dá nos meliantes e comerciantes da região. É assim que surgem os carros novos e as casinhas de praia. Sem essa grana, alguns ali não teriam condição nem de pagar a escola do filho.

"Cai na real, Omo, aqui somos uma família."

Homero planejava ficar na dele, sem incomodar. Não é idiota. O problema foi o caso da rede de lojas Pink Star. Foi o próprio Homero que percebeu que a tal van era muito suspeita, parada numa rua tranquila demais da Vila Mariana. Ao volante estava um neguinho em um blablablá pelo celular. Não é racismo, não, mas aquilo era bem esquisito. Foi só chegar e enquadrar. "Cadê o documento da mercadoria? Não tem? Vamos para o DP."

Na verdade, o vadio tinha parado para fazer hora e conversar com a namorada. Entregador vagabundo e vacilão. Mas a mercadoria de fato não tinha nota. Então foram todos para o DP. Logo chegou o gerente da Pink Star. Era óbvio que o sujeito estava de sacanagem, era só ver a cara sorridente, de tranquilidade canalha. O Siqueira já foi tomando conta da situação. Era mesmo para ele. Ficou todo mundo amigo. E Homero ali, só observando. Ficaria por isso mesmo. Homero se manteve na dele.

O problema foi depois, quando o Siqueira chegou com o envelope e jogou na mesa: "Mandou bem, recruta, toma aí a tua parte". Não era assim que as coisas funcionavam normalmente. Em geral, tudo acontecia fora do DP. Mesmo assim, por que Homero não falou "valeu aí, cara"? Ou pelo menos não ficou quieto? Ou por que não pegou o dinheiro e, discretamente, jogou no lixo? Não foi isso o que ele fez. Primeiro passou algum tempo tentando fingir que não tinha visto o envelope. Depois de quase uma hora, levantou, pegou o envelope, caminhou até a mesa do Siqueira e jogou ali: "Não tô nessa, pode ficar pra você".

Por que fez isso? Quanto mais pensa no assunto, menos Homero entende a própria atitude. É claro que sabia do que rolava. E nem achava um problema assim tão grave. Mas baixou um espírito nele. Um espírito de porco cu-de-ferro. Homero fez o que imaginou que um CDF como o Paraná faria.

Agora quer o quê? Ser o querido da família policial? Agora não adianta reclamar que foi escalado para ficar preenchendo BOs o dia inteiro. Quando não está fazendo isso, fica ali parado na mesa atendendo telefonemas com a maior calma possível. Assim, ligações que durariam dois minutos viram conversas longas. Nunca o DP atendeu os cidadãos com tamanha atenção. Homero procura uma maneira de estar ali sem estar ali. Enquanto pensa no que vai fazer da vida. Pedir demissão e fazer o quê? Transferência? Seria ótimo, mas não tem mais o avô para ajudar.

Está no telefone, mas continua ligado no que acontece em volta, infelizmente. Então ouve as risadas, o Siqueira comentar algo como "vamos ver se a bichinha aguenta mexer no presunto", mais risadas e o Siqueira chega até a mesa:

– Aí Omo, para de enrolar com o telefone, o chefe mandou a gente resolver um caso. Coisa de detetive americano, saca...

Súbito silêncio no andar inteiro. O que imaginam, que vai rolar um tiroteio? O único a agir normalmente é o próprio Siqueira, que caminha sem pressa para fora, rumo ao estacionamento. Homero ainda demora alguns segundos, então levanta, pega suas coisas e sai atrás. Uma gargalhada marca a volta do barulho normal ao DP.

– Qual é o caso?

– Um velho que caiu da escada.

– Morreu?

– É claro. Senão o que a gente iria fazer lá?

– O D.H.P.P...

– Nem precisa...

– Então nós vamos fazer o quê?

– Vamos ver se você aguenta ver um cadáver fedorento sem desmaiar...

– Vai pra puta que o pariu!

Siqueira ri.

O local já está todo zoneado. Afora a bagunça habitual que a PM faz, ela ainda deixou entrar os "turistas" da vizinhança. Siqueira e Homero chegam bem no momento em que os curiosos estão sendo colocados para fora pela Perícia. É claro que os caras da Perícia também são amigos do Siqueira. Ele é saudado assim que chega ao portão.

— Ô Siqueira, também veio fazer turismo aqui?

— E aí, Gaspar? Tudo bem?

— Tudo essa merda do caralho! Se fosse homicídio, como é que a gente ia achar algum material de prova? Vê só: já entrou vizinho, moleque, cachorro... o diabo! Pisaram em tudo, mexeram em tudo... foderam tudo...

— Então não é homicídio mesmo...

— Não, não! Espera aí! É homicídio, sim, e o assassino é o porra que construiu essa escada! Olha que merda!

Homero, silenciosamente, concorda: a tal escada é mesmo assassina. Uma construção estreita de concreto que termina uns trinta degraus abaixo, onde está o cadáver retorcido. O sangue forma uma lagoa para as moscas.

Siqueira desce na frente, senhor de todos os lugares. Mas Homero, que ainda sente dores na perna, vai com todo o cuidado.

— Pelo que a gente viu aqui, o velho tropeçou e pumba. A casa tá ok, a carteira tá no bolso e tem até dinheiro na mesa.

— O velho morava sozinho?

— Ah... isso agora é com você, Siqueira. Mas pelo jeito morava sozinho mesmo.

Homero arrisca fazer uma pergunta:

— Mas ele morava aqui? Nessa edícula? E quem morava na casa?

— Ah, nem apresentei: este aqui é o Omo...

— Meu nome é Homero...

— Sei, o neto do Antero... Trabalhei com o seu avô... Gente boa... Meus pêsames...

— Vai lá, Homero, dar uma cutucada no cadáver, vai... Gaspar, e a tua filha?

— É só dor de cabeça... Eu já tinha me conformado com o casamento e agora ela cancela tudo, deu um pé na bunda do rapaz... Fiquei até com pena do idiota.

Enquanto Siqueira e Gaspar falam da vida, outro perito conversa pelo celular e dois peões do IML se preparam para encaixotar o cadáver, Homero fica zanzando pela área. Só ele parece achar esquisito que o falecido morasse na edícula e deixasse aquela casa enorme vazia. Era como comer a casca e deixar a banana. A edícula tem dois cômodos: um banheiro e uma fusão de quarto, sala e cozinha. Uma cama, uma mesa, uma cadeira, um guarda-roupa, uma pia, um pequeno armário com alguns pratos, tudo bem arrumado, limpo, velho e triste. Homero já viu celas mais aconchegantes. Sair dali é um alívio.

Ele entra então na casa e fica surpreso: a cozinha é uma espécie de laboratório fotográfico improvisado. Homero sente o cheiro e reconhece na hora os materiais químicos e a cobertura nas janelas. Fazem lembrar do Pipo e do laboratório que Cecília o deixou montar num quartinho nos fundos de casa.

Põe a cara para fora:

— Vocês viram isso?

O Gaspar responde:

— É claro, ô Sherlock... O velho era maluco...

O resto da casa está abandonado. Existem marcas recentes de passos, mas Homero não vai passar o vexame de perguntar mais nada: certamente são de Gaspar, seu assistente e talvez até dos PMs.

Quando sai, os outros estão discutindo como carregar o corpo.

— Subir essa escada vai ser foda...

— Vamos nessa...

— E se vocês saíssem pela frente da casa?

— Tem uma escada lá também.

— Mas a sugestão do Siqueira é uma boa, a escada da frente da casa é bem melhor que essa...

— Vou lá ver...

Homero se aproxima e Siqueira retoma a diversão:

— Omo, você não vai dar uma olhada no falecido? Vai perder o apetite? Abre o pacote aí, Gera, para ele dar uma olhada.

E não é que o sujeito abre mesmo? O fedor já é forte, mas Homero não vai vacilar na frente do Siqueira. Chega bem perto, vê a cara do morto e quase que cai. Volta para trás, tentando manter a pose, mas os outros notam o embaraço e começam a dar risada.

Não iria adiantar Homero se defender, dizer que não está de frescura. E ninguém iria acreditar se ele dissesse que conhece o morto.

17

"Será que eles perceberam que eu não sei o que fazer?"

Juliano e Caeto estão fazendo o que Daniel mandou: passaram os dois últimos dias dando voltas pela estação Ana Rosa do metrô, subindo e descendo as ruas do entorno, tomando café, almoçando e jantando na Padaria Mimosa, na Rua Topázio. Estão com as fotos que conseguiram na casa do Kocinas. São de cinco pessoas diferentes. Todos brancos, mas figuras bem diferentes umas das outras.

Uma senhora, classe média, elegante, cerca de 60 anos, aparece em duas fotos: em uma carrega uma sacola de compras, em um lugar que pode ser a Oscar Freire, e na outra aparece com a mesma roupa, mas sem a sacola, falando em um celular na entrada do que pode ser um shopping center ou um hotel. Parece São Paulo. Mas pode ser Curitiba ou Belo Horizonte ou várias outras cidades.

A segunda série de fotos mostra um rapaz magro, sebento, desses que se encontram aos montes em refeitórios universitários ou aos sábados à noite na Rua Augusta. Usa cavanhaque e umas costeletas cheias. O cabelo é um rascunho de Black Power. Roupa de neo-hippie e, em uma das imagens, aparece também com óculos roxos. É difícil saber se tem 25 ou 35 anos. Aparece em um bar, tomando cerveja com alguém que está de costas. O bar é um boteco comum, pobre. Pode ser de qualquer lugar de São Paulo. Mas em outra foto aparece entrando em uma estação do metrô. Que pode ser a Ana Rosa. No total são quatro fotos diferentes.

O terceiro é um velho, magro, careca, de terno vagabundo. Parece um contador ou um advogado pobre. No centro de São Paulo. Largo São Francisco, talvez. São só duas fotos.

O quarto parece um professor de uns 60 anos. Barrigudo. Despenteado. Deve ser mesmo um professor. Aparece carregando uma pasta, jornais e uns livros. Em uma das imagens conversa com uns jovens (alunos?). São três fotos dele.

A quinta personagem é a que aparece em mais fotos: doze no total. É uma mulher bonita de uns 25 anos, altura mediana, cabelos castanho-escuros, ondulados. Em todas as imagens aparece de óculos escuros e alguma peça de roupa preta. O resto da roupa, porém, é sempre um festival de cores: saias azuis, blusas verdes, lenços roxos, laranjas, etc. Aparece folheando um livro em uma livraria, olhando um cartaz de cinema, entrando em uma locadora de DVDs na Paulista e, mais importante, aparece em cenários que são claramente da Aclimação: na frente da estação Ana Rosa, andando na Rua Vergueiro e entrando na Padaria Mimosa. Como ela aparece entrando no metrô e, em diversas fotos, carregando uma pasta imensa (de artista? Pintora? Desenhista?), conclui-se que não usa carro. Anda a pé pelo bairro.

Então é ela que Daniel tem a esperança de encontrar ali naquelas ruas da Aclimação. Ela pode dar a pista de onde está o tesouro do falecido senhor Kocinas. O problema é que a equipe de Daniel não pode simplesmente sair mostrando as fotos para os moradores e comerciantes locais – "Por favor, o senhor conhece uma dessas pessoas?" – sem acabar chamando a atenção das autoridades do Estado. Até porque vai saber o que aconteceu com aquelas pessoas...

Outra tarefa é ficar de olho na antiga casa do Kocinas, da maneira mais discreta possível. Por enquanto, ninguém mais sabe que o calhorda morreu. Essa é uma vantagem que Daniel quer aproveitar ao máximo. Pelo jeito, a Polícia já arquivou o caso como acidente. Kocinas já deve estar a caminho do túmulo do pilantra desconhecido. Por isso, quando Juliano liga para avisar que a Polícia voltou à cena do acidente, Daniel já é capaz de sentir o bafo do Vampiro. Segue para lá o mais rápido que pode.

– É da Polícia Civil?

– É, sim... Um dos investigadores que apareceram anteontem. O mais novo dos dois.

– E eu vou lá saber quem é? Eu não estava aqui anteontem. Mas só veio um agora?

– Também achei estranho.

– O que ele está fazendo?

– Não sei. Entrou lá naquela hora que te liguei.

– Isso dá o quê? Meia hora?

– Trinta e oito minutos.

Ficam esperando. Uma hora depois o portão se abre e de lá sai o investigador. Juliano não fala nada. Mas Daniel, ansioso, começa com um "Pera aí... não é possível..." Juliano pergunta:

– O que foi?

– Que coisa! É esse mesmo o investigador? O que apareceu ontem?

– Ele mesmo. Qual o problema?

– Deixa comigo... Agora deixa comigo...

Juliano fica ali parado, confuso, enquanto Daniel segue em direção ao policial.

18

Homero observa o portão mais uma vez, e depois olha as calçadas e a rua. Então vê um cara chegando:

— Minhoca? Lembra de mim? Daniel...

Homero dá uma parada e olha desconfiado aquele sujeito que surgiu ali de repente, mas logo vem, ainda hesitante, a lembrança:

— Paraná?

— Eu mesmo. Caralho! Se não fossem aquelas fotos da exposição do Pipo... eu nunca te reconheceria.

— E você, o que tá fazendo? Nunca mais soube de você...

— Dando minhas cabeçadas... Mas... cacete... eu tava passando e vi você... Você mora aqui?

— Não, não. Estou vendo um caso aí...

— Escuta: vamos conversar, tomar uma cerveja. Você tem tempo agora? Tá ocupado?

Homero dá uma olhada no relógio.

— É... eu tenho... mas... foda-se... vamos nessa.

Juliano vê os dois partindo, sem entender nada.

***

É um bar espaçoso, aberto, ao ar livre, e com um telão para o futebol. Fora da Aclimação, é claro, porque Homero pode ser bobo, mas não vai ficar moscando em um boteco onde é maior a chance de alguém reconhecer que ele é do 113º DP. Como ainda não chegou a hora da balada, o bar está bem vazio, e os dois ficam em um canto de onde Homero pode observar o movimento.

No carro, a caminho do bar, Homero contou que agora é policial. Daniel fingiu surpresa, mas o próprio fingimento era falso: ele realmente estava um tanto surpreso. Tanto que ficou inventando bobagens para falar enquanto decidia como iria conduzir a conversa. Seja como for, agora pode descobrir em que pé estão as coisas na Polícia Civil. A esperança é que Kocinas tenha ido direto para alguma vala comum, sem levantar curiosidade e sem nenhuma investigação.

Logo que chegou ao bar, Daniel foi ao banheiro, de onde ligou para Juliano com a ordem: "Continuem aí, vamos encontrar a moça". Na volta, deu uma parada antes de chegar à mesa e ficou observando Homero. Daniel se lembra dele como um menino sempre encucado, sério e bem ingênuo, que odiava ser chamado de Minhoca, para divertimento do Pipo e do Daniel. Agora, ainda que disfarce bem, virou uma bomba de ódio, frustração e, talvez, medo. Homero parece estar apenas olhando distraído o ambiente. Mas, até por empatia, Daniel percebe que Homero não olha, Homero vigia.

— E aí, Minhoca, e o maluco do Pipo? O que anda aprontando?

— Você não soube? Saiu até nos jornais...

— Soube do quê?

— Da morte dele...

Daniel acusa o golpe. Fica surpreso consigo mesmo ao perceber, subitamente, o quanto se sente triste.

— Tá brincando...

— É... Deu nos jornais, revistas... No *Diário* teve até foto do carro estropiado e tudo mais. Só não teve foto minha.

— Não entendi... Foi um acidente de carro? Vocês estavam juntos?

— Isso aí... O Pipo virou morto e eu virei ciborgue, cheio de pinos e pontos. Ele, que era um defensor da natureza, morreu atropelando uma árvore.

— Que merda... Quando foi isso?

— Uns oito meses...

— Porra... Eu fui numa exposição dele, em Brasília, ano passado. Foi lá que vi as fotos de vocês, da tua família, do bairro... Foi por isso que te reconheci... Eu apareço em uma das fotos velhas... você viu? Cacete... fui na exposição e nem vi o cara lá...

— Vocês não mantinham contato?

— Não, não! Depois que mudei para Brasília, não nos falamos mais.

— Mas o Pipo até me disse uma vez que você tinha entrado para o Exército...

— Ah! Isso faz tempo... Como será que ele soube disso?

— É... o Pipo tinha dessas coisas... Ficou sumido um tempão, tinha ido para a Alemanha com uma coroa rica e gostosona. Aí meu avô morreu, lembra dele?

— O velho Antero, lembro sim. Ele odiava o Pipo.

— Então... O Pipo apareceu em casa depois do enterro. Quando chegamos em casa, ele estava lá no portão. Com aquele jeito de cachorro sem dono. Você sabe... minha mãe e minhas irmãs adoravam ele. Foi aquela choradeira. E aí o puto vira para mim e cochicha: "Quer dizer que o canalha se foi, mas ficou o canalhinha... Agora você é da polícia? Vai me prender se eu acender um baseado?"

— O cara é foda...

– É... de deixar a gente meio maluco... Eu fiquei tão besta com aquilo que acabei contando que estava saindo da polícia. Não me pergunte por que falei... o cara deixava a gente maluco... Acho que ele ficou com pena, sei lá... Saímos para beber. Eu puto da cara com ele, que nem parecia notar. Falava e falava. Enfim... o Pipo bebia bem... Lá pelas tantas resolveu me mostrar um sítio que tinha comprado no litoral. Eu também estava tão bêbado que acabei topando... Fomos no carro dele. Você conheceu o Pipo... era um pirado quando moleque e continuou sendo pirado depois que cresceu. Era obcecado por fotografia, por plantas e por tudo, incluindo carros. Mas dirigia feito um idiota. A gente se arrebentou lá na Mogi-Bertioga. Eu só voltei a trabalhar na semana passada. Fiquei de cama todo estropiado.

– Que merda...

Os dois fazem então um brinde silencioso, ao Pipo, aos velhos tempos, a nada. Apesar de um tanto abalado com a notícia, Daniel é um profissional e tem sua missão:

– Mas você tá mesmo saindo da polícia?

– A esta altura, acho que já estou sendo "saído". Vão inventar alguma transferência para a puta-que-o-pariu ou algo assim. A coisa é foda... É tudo muito... Deixa pra lá...

– Mas e o caso de hoje? Você tava investigando o quê?

– Investigando nada... Eu tô na geladeira... Me deixam sem fazer nada, preenchendo BO... Eu tenho tempo para ficar bundando por aí... Mas é um velho que caiu de uma escadaria e morreu... O velho já foi engavetado e o caso também... Achei esquisito umas coisas... Vê só: o cara mora em um casebre no fundo de uma casa bacana... pra quê? A locadora é uma viúva gagá que diz que o marido é que alugou a casa para alguém que ela não conhece, a filha que mora com ela é tão senil quanto a mãe. Não tem documento, não tem nada. Nenhum vizinho conhecia o sujeito. E o pior é que tive a impressão de que conhecia o sujeito, lembrou um amigo do meu avô, mas o nome não bate. O morto é Rui Azevedo, e o amigo do meu avô tinha um nome esquisito... Não me lembro agora, mas não era Azevedo.

Daniel fica tentado a perguntar se por acaso o nome do tal amigo não seria "Kocinas".

– Será que eu conheci ele?

– Conheceu quem? O morto?

– Não. O amigo do seu avô. Ele é daquela época em que eu morava lá?

– Acho que não. É difícil. Ele não era do bairro, aparecia de vez em quando. Aliás, passava anos sem aparecer. Eu só lembro porque ele e o Antero tiveram uma espécie de discussão na porta de casa, poucos dias antes de o meu avô morrer. Mas é o que eu te disse... o morto é outra pessoa. Nada a ver. Mas e você? Foi para o Exército mesmo, não foi?

– Fui, faz tempo. Depois penei por vários infernos governamentais... Mas hoje estou meio que na iniciativa privada. Faço segurança.

– Sei...

O olhar de Homero é uma mistura de ceticismo, sarcasmo e melancolia. Daniel está acostumado com o olhar de desconfiança das pessoas. Olhares de confiança é que o incomodam um pouco. Mas agora, de alguma maneira, a coisa o pega de outra maneira. Daniel não tem família. Tem colegas de trabalho, conhecidos e coisa e tal, mas não algo que possa ser chamado de círculo de amizades. De alguma maneira, manteve na cabeça, ao longo de todos esses anos, que seus amigos eram Pipo e Minhoca, ainda que nunca mais tivesse visto nem falado com nenhum dos dois. Agora Pipo está morto. Sobrou só o Minhoca.

– Eu também fui polícia por um tempo. Quer dizer, estou curtindo um período sabático... da Polícia Federal...

Homero levantou a cabeça e ficou olhando para ele, curioso. Quase confiante. Daniel sentiu aquele incômodo conhecido.

– Estou em uma espécie de licença... Afastado...

– E você está interessado no velho morto...

Daniel ri:

– Claro! Ele era um terrorista islâmico...

Homero fecha a cara novamente, bebe um gole da cerveja... abaixa a cabeça. "Foda-se" pensa Daniel, tentando manter o sorriso:

– Mas estou tentando encontrar umas pessoas, sim... Nada a ver com o teu caso.

Daniel tira do bolso algumas fotos e põe na mesa.

– Aliás, por acaso você já viu algum desses?

Homero aproxima-se devagar das fotos. De maneira displicente, pega a primeira com a mão esquerda, porque a direita está ocupada segurando o copo de cerveja.

– Não... essa eu acho que nunca vi... Essa outra é bonitona, hein? Quem é?

– Não sei... é isso que estou tentando descobrir... Você nunca viu essa mulher no bairro?

– Não... acho que não... Acho que eu teria notado... é uma gostosa... Por outro lado... os óculos escuros deixam todo mundo parecido... sei lá...

– E esse cara?

Homero pega as quatro fotos que mostram o rapaz de barbicha. E então arregala o olho...

– Acho que... não sei... não deve ser... mas parece muito...

– Quem?

– Um rapaz que foi assassinado há uns quinze dias... no Butantã...

– Assassinado?

– É, levou dois tiros de 38... Parece que foi rolo de drogas... da USP... Rafael alguma coisa... É... parece bem o sujeito... O cara foi morto na Corifeu... lembra dessa avenida? Fica a uns seis ou sete quarteirões de onde você morava.

— Não deve ser a mesma pessoa, Minhoca. Esse da foto tá vivo...

— Então tá... O que eles fizeram? São terroristas islâmicos?

— Uma história aí, meio longa, mas eu te conto depois... Espera que eu vou dar outra mijada...

— Ficou velho e mijão...

— Mas pelo menos não tenho parafuso enfiado até no rabo...

Os dois riem, como bons homens brasileiros condicionados a rir cada vez que alguém fala a palavra "rabo" ou "bunda". Mas Homero repara que o amigo, quase sem se fazer notar, recolheu todas as fotos. No caminho do banheiro, Daniel liga de novo para Juliano:

— Camarada... temos uma nova pista... O rapaz pode ser um tal de Rafael que foi assassinado há uns quinze dias na avenida Corifeu, no Butantã. Pede pro Caeto checar isso. Daqui a uma hora, uma hora e meia, eu encontro vocês. Vamos sair da Aclimação e vamos para o Butantã.

Quando volta do banheiro, Daniel dá um jeito de mudar de assunto:

— E o que você pretende fazer agora? Sair da Polícia Civil e fazer o quê?

— Não tenho ideia. Já estou com quase 30 anos...

— Mas parece bem mais...

— Vai se foder...

— Escuta... me ligaram... eu tenho que ir daqui a pouco... mas fico essa semana aqui em São Paulo... Amanhã e depois estou bem enrolado... Vamos marcar alguma coisa na quinta-feira?

— Pode ser...

— Antes que eu me esqueça, esse é o número do meu celular...

Homero também passa seu número. Mas já se conforma que nunca mais verá o antigo amigo. Paraná não existe mais. Existe esse tal de Daniel.

19

Doutor Diazepam já está com o pé na cova, próximo da data de vencimento, mas ainda dá para o gasto. Laura encontrou o velho amigo no velho esconderijo da velha cômoda de seu velho quarto na casa de Rio Claro. Quem poupa tem. O problema é que ela poupou menos do que precisaria agora. E, apesar da ajuda dos comprimidos, a sensatez se esvai quando ela pensa no Velho morto no fim da escadaria e naquela pasta no chão da sala do apartamento. E se o Velho não estiver morto e vier para se vingar? E se a polícia invadir seu apartamento e encontrar a pasta?

E então vem a outra lembrança: quarta-feira é dia da faxineira, ela encontraria a pasta, e se resolvesse abrir aquilo? O que encontraria? Laura não tem ideia. O lógico, pensa ela, é voltar e dar um fim naquela pasta. E depois sumir. Mas... e coragem para fazer o lógico?

A casa em Rio Claro está quase vazia. Donatella está viajando. Angélica está de férias ou algo assim. Ficou apenas a Jandira, que duas vezes por dia vem cobrar:

— Você já ligou para teu irmão? Já avisou que está aqui em Rio Claro?

Nem passou pela cabeça de Laura ligar para o irmão. Pior que Donatella, só mesmo o Flavinho. Donatella, pelo menos, é tão egoísta que não notaria o problema no qual a filha se meteu. Mas o Flavinho é esperto, em três tempos já saberia de tudo. Por isso, quando Jandira disse "Teu irmão ligou, disse que vem aqui à noite", Laura nem perdeu tempo em expressar toda a sua irritação com a velha fofoqueira. Pegou os dois últimos comprimidos, jogou o resto de suas coisas na mochila e foi para a rodoviária. Está condenada a fazer o que precisa fazer: voltar para São Paulo e enfrentar o fantasma do Velho.

20

Depois de oito anos casada com um policial, Claudia sabe quando precisa ficar cega, surda e muda. O olho não vê e o coração não sente. Então ela não ouve as conversas do Siqueira com os amigos a respeito dos esquemas deles. Não sente o fedor de bebida que ele traz das madrugadas em puteiros. Não vê os sinais das inúmeras vadias que tem frequentado o carro do marido.

Siqueira faz a parte dele: põe dinheiro em casa, trata bem os filhos e nunca mais bateu nela. Claudia faz a parte dela: cuida da casa e mantém a aparência de normalidade. O que inclui não ouvir e não ver nada.

Agora, por exemplo, é o momento em que Claudia se levanta e leva a louça para a cozinha. Junto com ela vai a Judith, que é outra esposa de policial que sabe como se portar. Os homens, já bêbados, ficam à mesa, junto da churrasqueira. Enquanto carrega os pratos sujos, Claudia ouve o Siqueira se exaltar:

— Porra, como foi que esquecemos do Omo?! O que é que vamos fazer com a bichinha?!

Deus sabe que é uma tarefa difícil não ouvir o Siqueira quando ele se exalta. Enquanto lava a louça, Claudia ainda o ouve xingar a Corregedoria. Depois, quando vai até a churrasqueira ver se ainda tem louça por recolher, o marido está berrando:

– Que boa gente, nada! O Antero era um filho-da-puta! O cara era o maior sabonete, puxa-saco de político. Só chegou à velhice por causa disso, senão tinha levado um pipoco muito antes.

Claudia, que não sabe nem quer saber quem são Omo e Antero, pergunta:

– Querido, vocês ainda têm cerveja? Quer que eu traga mais?

21

Daniel Escalante está na cidade de São Paulo. O Governador vai gostar de saber disso. Na verdade, a esta hora, já deve estar sabendo, pelo próprio Medeiros. Mas pistas de onde Escalante poderia estar escondido são bem vagas e contraditórias. Desde que Medeiros perdeu o informante e os grampos na casa da Letícia Whitaker, o Bandeirantes tem estado às cegas, e não só no que diz respeito a Daniel Escalante. Aliás, não existe a certeza nem mesmo de que Escalante continua a trabalhar para Letícia. Parece que houve um rompimento. Se for isso, será mais fácil pegar o rapaz, onde quer que esteja. Por outro lado, se é verdade que houve o rompimento, chega a ser uma pena que Escalante não possa ser aproveitado: ele seria uma ótima arma na campanha eleitoral contra Letícia. Mas não tem jeito: o Governador é um animal vingativo e, às vezes, até um pouco irracional.

22

Abrir a porta do apartamento talvez tenha sido a coisa mais corajosa que Laura fez na vida. Ficou parada naquele corredor por infinitos minutos até se decidir. Era tanto o seu medo que ela, talvez, num primeiro momento, até tivesse voltado para Rio Claro, sem nem entrar no prédio. Mas, na hora em que desceu do táxi, deu de cara com o zelador. Ele a cumprimentou como se não suspeitasse de nada, como se não tivesse notado o sumiço dela logo na sequência da morte do Velho. O que pensaria se Laura desse meia volta e saísse correndo?

Ela só podia ir em frente. Então virou a chave e abriu a porta. A luz do sol se pondo invadia a sala, que continuava exatamente como Laura a tinha deixado. A sensação de alívio fez com que até a visão daquela maleta sinistra fosse agradável por alguns segundos.

O trabalho tinha que ser feito, e rápido. Laura foi até a área de serviço, pegou um pano, o tubo de álcool, um saco de lixo grande e as luvas de borracha. Levou tudo para a sala, tomou fôlego e começou a limpeza das eventuais marcas de digitais que ela poderia ter deixado na pasta. Ficou surpresa ao perceber que era pesada. "Como é que eu consegui carregar essa porcaria até aqui?" Mas essa era uma pergunta que precisaria esperar na fila até que fosse respondida outra pergunta, mais importante: "Por que é que eu carreguei essa porcaria pra dentro de casa?"

A cuidadosa limpeza da pasta estava pronta em três minutos. O problema agora era arrumar um jeito de se livrar daquilo. Até porque era uma coisa bem pesada. Chamaria a atenção uma pasta cheia em um saco de lixo. O mais lógico seria esvaziar a pasta e se livrar de seu conteúdo aos poucos. Lá dentro poderia haver documentos que identificassem o morto e, talvez, até outras fotos de Laura. "Sim, é preciso abrir a pasta, eu sou obrigada a fazer isso." Uma decisão em que o bom senso casava com a curiosidade, quase obsessão, de Laura por gavetas e armários fechados.

Ela encontrou a chave de fenda e o martelo e se preparou para a luta contra as duas pequenas fechaduras da pasta. A batalha durou duas marteladas, porque na segunda Laura percebeu que as fechaduras não estavam trancadas.

Foi por nojo que Laura não colocou a maleta sobre a mesa. Abriu aquilo no chão mesmo. E a primeira coisa que viu foi a pistola, junto com um saco plástico em que havia uma escova e uma pasta de dente. "Meu Deus, meu Deus, meu Deus..."

Ela pegou a arma com a ponta dos dedos, como se tivesse medo de que aquilo a infectasse de alguma maneira, mesmo com as luvas de borracha. Era uma arma diferente de seu 38. Mais sinistra. Laura colocou-a novamente na pasta aberta. Então levantou-se e foi até a área de serviço pegar uns jornais velhos, com os quais embrulhou a arma e a colocou em um saco de lixo.

O que havia agora na pasta eram alguns envelopes grandes e pastas velhas, cheia de papéis velhos, datilografados. No momento, Laura não estava interessada naquilo. Queria saber é se havia documentos e fotos que pudessem comprometê-la. Sempre com a luva de borracha, foi abrindo os envelopes. Uma das pastas continha dezenas de negativos, acondicionados em um invólucro de plástico. Parecia coisa muito velha, mas Laura sabia que teria que ver um por um para ter certeza de que não havia fotos dela. Separou a pasta e continuou procurando. Um envelope, novo, tinha um relatório velho datilografado e várias fotos de militares em um acampamento no meio do mato. Um dos sujeitos parecia o ex-ditador Figueiredo. Podia ser ele, um pouco mais novo. Havia também alguns sujeitos que poderiam não ser soldados, estavam com roupas de civis, barbudos, um deles sem camisa. Mas não parecem ser prisioneiros. Uma das fotos os mostra rindo junto com os soldados. Do que estarão rindo?

Outro envelope tem uma fotocópia de uma ficha policial, na qual Laura reconhece a cara assustada do governador de São Paulo, bem mais novo. É ele mesmo, os cabelos ainda estão negros, mas é ele mesmo. As olheiras e aquele narigão não dão margem à dúvida. Algo que deve ser do final dos anos 60. Dentro do envelope há um calhamaço de folhas datilografadas. Umas cinquenta folhas talvez. E mais cinco negativos velhos.

Outra pasta contém várias fotos, um envelope pequeno e um relatório que inclui uma lista de nomes. As fotos parecem de uma festa, em um salão, só com homens. Início dos anos 70 ou final dos 60. A maioria deles está de gravata, alguns de paletó. Parece algo como uma inauguração ou coisa do tipo. Vários sujeitos têm copos de uísque na mão e riem como se estivessem bêbados. Laura não conhece ninguém. Mas então percebe em uma das fotos que, no fundo do salão cheio de engravatados, há uma espécie de palco, com algo esquisito no centro. A foto seguinte mostra bem o palco e, ali no centro, um homem nu, pendurado naquilo que Laura reconhece como um pau-de-arara. Não dá para saber se está vivo ou não. No primeiro plano os engravatados meio que assistem ao espetáculo do homem ali pendurado. Alguns estão com copos na mão. Dá para ver, nítida, a risada de um careca de óculos.

As fotos seguintes são variações: o homem, que parece inconsciente, morto talvez, pendurado no pau-de-arara e outros homens em volta, tomando uísque. Algumas fotos mostram dois militares, generais ou coisa do tipo. E, enfim, Laura abre o envelope pequeno, que contém três fotos. Nelas aparece o mesmo homem pendurado, mas dessa vez não há outros homens em volta. O que há é um menino. Em pé. Em uma das fotos o menino parece puxar o cabelo do prisioneiro. Deve ter uns 12 anos, arrumadinho, cara gorda, cabelo preto com algum tipo de brilhantina. Faz pose para a câmera. Está rindo.

Laura corre para o banheiro, mas vomita antes de conseguir abrir a tampa do vaso sanitário.

22

— Foi o que saiu nos jornais – diz o Caeto –, parece rolo de tráfico de drogas. Esse Rafael fazia pose de militante estudantil, mas não era nem militante nem estudante, era um fornecedor de maconha para a comunidade universitária. Deve ter brigado com alguém do ramo.

— Mas tem a tal da ex-namorada maluca, armada e perigosa – diz o Juliano.

— Que ninguém sabe, ninguém viu. Ele falou disso para umas pessoas, mas nem os melhores amigos do tal Rafael costumavam acreditar no que ele dizia. Ele não era nada confiável. Se aparecesse agora voando no céu, montado nas costas de Jesus Cristo, e dissesse quem atirou nele, mesmo assim todo mundo iria duvidar.

— Seja como for, Daniel, nem traficas nem namorada maluca têm relação com o Kocinas. Quem matou o rapaz não tem nada a ver com a gente.

Juliano e Caeto estão ficando exasperados com a situação. Não são burros. Sabem que Daniel está sem rumo. E pior: está sem rumo no quintal do Governador. A alternativa mais sensata é desmontar acampamento e sair correndo do Estado. E ver se ainda mantêm o emprego de segurança da Madame. É isso ou se agarrar insanamente a qualquer pista, por mais furada que seja. O que vai ser, Daniel?

— O que vamos fazer, Daniel?

— Tem alguma relação entre o Kocinas e esse Rafael. — Daniel se surpreende no próprio poder de fingir convicção — O rapaz é o mesmo. O Kocinas pode não ser o assassino nesse caso, mas não fez essas fotos do rapaz porque achou ele bonito.

— É... Aquela outra até pode ter sido por isso... a de óculos escuros — Caeto já está perdendo o respeito.

— Vocês mostraram a foto dela pros amigos do Rafael?

Caeto ri, cínico:

— Mostrei foto de todo mundo. Ninguém conhece ninguém.

— Eu entendi que não era pra mostrar — Juliano, obediente como é, já entra em pânico imaginando que fez besteira — Você falou que não era pra mostrar, Daniel.

— É, eu falei. Mas agora que o Caeto já mostrou pra uns, vamos mostrar pra todos.

Caeto está claramente de saco cheio:

— Mas eu já disse: as pessoas pra quem mostrei não reconheceram.

— Vamos ver agora com a turma do Juliano.

Eles já sabem que Daniel quer apenas ganhar tempo para ver se acontece um milagre, ou ver se arruma um jeito de se foder e foder todo mundo junto com ele.

Daniel deu a si mesmo dois dias para achar o arquivo de Kocinas. O prazo já estourou. Ele se deu mais dois dias. A esta altura, o Vampiro já sabe que ele está na cidade e já soltou seus cachorros.

Há uma última pista. Isso, porém, significa envolver mais uma pessoa, o Homero. Ele não quer fazer isso. Primeiro porque não quer aumentar o número de pessoas que sabem do caso. Segundo porque saber algo do caso pode ser uma coisa perigosa. E ele não gostaria de atrapalhar a vida do velho amigo. Mas é o que resta.

23

Laura quebrou a maleta em pedaços e colocou-os em um saco de lixo, misturados com o lixo da cozinha para disfarçar. E levou o saco lá para baixo, no corredor do subsolo onde fica o lixo de todo o prédio até ser recolhido pelo faxineiro. Havia vários outros sacos ali, Laura levantou um deles para colocar o seu embaixo. Saiu então para a rua e conferiu se ainda estava lá a caçamba de entulho de uma construção no quarteirão de cima. Eram cerca de dez horas da noite.

Voltou para o apartamento, pegou o saco onde estava a arma, embrulhada em jornal, e saiu novamente. Quando foi jogar o saco na caçamba ouviu a aproximação de alguém e disfarçou. Passou reto. Continuou andando até ter toda a certeza de não estar sendo seguida, e então voltou na direção da caçamba. No caminho, viu alguns sacos de lixo amontoados junto a um poste na calçada. Estava a dois quarteirões de seu prédio. Jogou o saco com a arma ali e continuou, tão calma quanto possível, a caminho de casa.

Agora tem nas mãos os documentos e fotos. Isso ela não pode simplesmente destruir. É preciso tornar tudo público de alguma maneira. Alguma entidade de defesa dos direitos humanos, alguma revista de esquerda... Mas existe a velha questão: como entregar o material sem se identificar? Seria bom botar tudo no computador. Mas o scanner dela está quebrado. E, antes de tudo, Laura precisa saber se a polícia está investigando a morte do Velho. Se estiver, é melhor ficar quieta por uns tempos. Por enquanto, o que ela vai fazer é esconder tudo. De um jeito que ninguém irá encontrar.

24

De alguma maneira, é quase uma forma de harmonia: ninguém gosta de Homero no DP, e ele não gosta de ninguém. Então ele age como se não estivesse lá, distraído, sem fazer nada. E todo mundo colabora, não passando nada para ele fazer nem falando com ele. Neste momento, Homero está na internet, lendo os textos do site da Federação Nacional das Empresas de Seguro. Seu amigo, Alberto, vende seguros e montou um pequeno escritório no Butantã. Meio que convidou Homero para trabalhar lá. Pode ser uma saída. Seu celular toca:

– Homero? É o Daniel. Furei com você, não é? Mas é que acabei me enrolando...

– Tudo bem, eu também tive umas coisas aqui. Não tenho tido tempo para nada. Mas a minha mãe pediu muito pra você ir almoçar em casa.

– Vou sim. Vou sim. E hoje? Como você tá?

– Não dá. Hoje passo a noite aqui no DP.

Daniel fica em silêncio por alguns segundos.

– E amanhã? Vamos nos ver amanhã?

– Pode ser... Você me liga?

– Ligo, sim. Tá marcado. Escuta... aquele amigo do teu avô...

– Sim, o que é que tem?

— Você lembrou do nome dele?

— Nem pensei mais no caso.

— Acho que eu conheci o cara. Não era um tal de Kocinas? Uma coisa assim?

É a vez de Homero ficar em silêncio.

— Pode ser. Eu acho que era alguma coisa assim... Casinas, Cocina... alguma coisa do tipo.

Está claro que Daniel não sabe como continuar. É com um pouco de maldade que Homero pergunta:

— E você ficou tão interessado por quê? Tá investigando ele também?

— Não, não... quer dizer... Tem certeza que não pode sair hoje?

— Não dá.

— É o seguinte, eu... bom... a gente se fala amanhã. Vamos almoçar?

— Pode ser...

— Escuta, por acaso esse Kocinas ou Casinas não deixou alguma coisa, um pacote ou algo assim, com o teu avô?

— Não sei. Mas se deixou, acho difícil encontrar: minhas irmãs deram uma geral no quarto do meu avô. Jogaram quase tudo fora. Se tinha alguma coisa, tem bastante chance de ter ido para o lixo. Mas vou ver isso quando chegar em casa. O que você procura?

— Bom... uma caixa ou uma mala, envelopes...

— Assim tá difícil, Daniel. Mas vamos ver. Vou dar uma olhada nas coisas pra ver se encontro algo diferente.

— Valeu, Homero. Faz isso, sim. Outra coisa: você falou de mim pra alguém?

— Falei, pra minha mãe. Eu te disse.

— Não... eu digo aí no DP...

Homero ri uma risada silenciosa.

– Não... pode ficar tranquilo... Aqui ninguém sabe de você nem da tua investigação.

– Não tem investigação nenhuma...

– Tá certo. A gente se fala amanhã.

– Um abraço.

O único trecho da conversa que a escrivã Suzette ouviu foi "Pode ficar tranquilo... Aqui ninguém sabe de você nem da tua investigação". Ela precisa falar com o Siqueira.

***

A tentação de Daniel é invadir a casa de Homero hoje mesmo. Mas não é possível. É preciso esperar. Além do mais, pelo jeito, não vai haver nada ali.

Se tivesse tempo, ele investigaria a ligação do Kocinas com o Antero e, através deste, com outros veteranos da polícia. Em algum ponto dessa rede encontraria o tesouro. Mas não tem tempo. Não agora. Amanhã à noite ele dispensa o Juliano e o Caeto. E ele mesmo não fica mais que outros dois dias na cidade. Impulso suicida tem limites.

O melhor talvez seja isso mesmo: deixar a poeira baixar. Ficar longe de São Paulo por um tempo e voltar quando as coisas estiverem mais calmas. E, afinal, parte do problema da madame está resolvido: não tem mais aquele chantagista atrás dela.

25

Se Homero tinha dúvidas, agora não tem mais. Está na cara que o Paraná não surgiu do nada naquela tarde. Filho-da-puta! Homero achou tudo esquisito desde o início, toda a história. O Paraná está interessado é no cadáver da Rua Florinda de Queirós. O tal do Kocinas, que era amigo do seu avô.

Nem precisa avisar que vai dar uma saída. Ninguém vai notar sua ausência. Quer ver de novo a casa do morto. Só quando está no caminho é que se toca do óbvio. O lugar estará trancado. Mesmo assim, Homero vai até lá. De dentro do carro dá uma olhada para a fachada da casa, a verdadeira. Olha e olha tentando encontrar algum segredo, algo que tenha escapado. Nada. Então segue para a outra rua, onde fica a entrada com o portão de ferro. Sai do carro e caminha até onde estava no momento em que o Paraná apareceu. Olha em volta e tenta imaginar onde o antigo amigo estaria escondido naquele dia.

É uma rua muito pequena, sem comércio. Na frente existe uma praça, bem estreita, mas cheia de árvores. Seria possível alguém ficar zanzando do outro lado sem ser notado. E na esquina com a Rua Topázio há uma pequena mistura de mercearia e boteco. Com duas mesinhas do lado de fora. Pode ser que o Paraná estivesse ali, observando a polícia e o pessoal do IML.

Mas por quê? Será que é ele o assassino? Será que o Paraná empurrou o velho? Homero ri da ideia: quando está para sair da polícia, consegue resolver um crime prendendo um velho amigo de infância.

Nem em filme americano alguém teria coragem de fazer uma patacoada dessas.

Não é isso. O Paraná está envolvido nessa história de outra maneira. Existe alguma coisa grande aí. E, amanhã, Homero vai descobrir. Então ele nota aquela moça entrando na rua. Usa óculos escuros, mesmo com a tarde já virando noite. É bonita, veste-se toda de preto, mas com uma blusa bem vermelha. A mesma com a qual aparece em uma das fotos que estavam com o Paraná.

Ela caminha já procurando a chave na bolsa. Para na frente do prédio colado ao terreno da casa do morto. O portão está fechado. Ela o está abrindo. E agora, Homero, como um policial age?

— Por favor, sou o investigador Sangirardi. Será que você teria dois minutos?

Ele mostra a funcional, mas poderia estar mostrando a carteirinha do Parque Antártica que daria no mesmo: a moça de óculos escuros parece nem prestar atenção. Talvez seja nervosismo, mas ela aparenta estar chapada. Ou então é só louca mesmo. Homero tira do bolso uma caneta e um pequeno bloco de anotações, enquanto pergunta:

— Tudo bem com você?

— Tudo bem. Demora?

— Não, é dois minutos. Teu nome?

— Laura, Laura Rivas Mazzocchi.

— Você mora aqui…

— No apartamento 41.

— Faz tempo?

— Há seis meses.

— Você conheceu o senhor… — Homero finge procurar o nome no bloco de anotações — … Rui Azevedo?

— Não.

— Não?

— Não.

— Era o senhor que morava ali... aquele portão de ferro. Sofreu um acidente na semana passada. Morreu. Você nunca falou com ele?

Desta vez ela demora um pouco para falar, insegura talvez, mas como se estivesse sinceramente tentando se lembrar de algo.

— Não, nunca. Nunca falei com ele. Também nunca ouvi esse nome.

— Tudo bem, então... Era isso. Obrigado... Desculpa, só mais uma coisa: e um senhor Kocinas? Você conheceu alguém com esse nome?

— Nunca ouvi falar.

Ele vai guardando o bloco e a caneta. Ela pergunta, nervosa:

— É só isso?

— É só. Obrigado pela atenção.

***

Homero chega ao DP com a cabeça fervendo com a pergunta: "Vou dar esse mole pro Paraná?" O problema é que o filho-da-puta sabe quem é o velho amigo morto do Antero. Homero precisa dele para saber o real da história. Agora está arrependido de ter inventado a história do plantão. Seria bom conversar ainda hoje com o Paraná. "Melhor não, melhor descobrir antes se tem alguma coisa no quarto do Antero. Se tiver alguma coisa ali, não preciso do Paraná." Seu pensamento é interrompido por Matias:

— E aí? Onde você estava?

— Tava na padaria. Por quê?

— Qual padaria?

Homero hesita, surpreso com a hostilidade do outro policial. Percebe agora que há vários outros olhando para ele. Os olhares são de vários tipos, mas nenhum parece amistoso.

– Que te interessa?

– Interessa, sim, ô babaca. Como você sai sem avisar ninguém?

– É o seguinte… então vou avisar agora: tô saindo, tá?

Vira as costas e vai embora.

"Não dá mais. Tô fora. Vou cair fora nesta semana. Vou resolver essa história do Paraná e vou cair fora."

26

Depois de passar uma hora dizendo "putaqueopariutôfudidacaceteputaquepariutôfudidacacete", Laura começou a se acalmar. Ainda se arrepende de ter gasto os comprimidos, deveria ter economizado, agora é que está precisando de verdade. Mas acha que se saiu bem com o policial.

E ela é inocente! Não machucou ninguém! O velho caiu sozinho! "É isso!" Liga para um advogado? Mas como se arranja um advogado dessas coisas? O anjinho bonzinho diz: "Liga pro Flavinho". Laura responde: "Vai à merda!"

Calma, Laura. Ninguém vai achar nada. O lixo já foi recolhido. E as pastas e os envelopes estão tão escondidos que ninguém vai encontrar coisa alguma. Podem virar o apartamento de ponta-cabeça. Se existe uma coisa em que Laura é boa é em esconder e achar coisas. Achar encrenca, por exemplo.

Mas não vai fugir. Não vai dar bandeira.

27

— A casa caiu. A guarda vampira já tá na porta do teu flat, te esperando. Melhor nem chegar perto.

Caeto deu a notícia com certo divertimento. Foi só por isso, para castigar o desrespeito, que Daniel não deu a ordem para todos irem embora da cidade imediatamente.

— Amanhã caímos fora — e desligou o telefone.

Pelo menos Caeto e Juliano ainda têm onde dormir. Na verdade, não há problema para o Daniel arrumar um quarto em algum hotel. O Governador não domina a cidade tanto assim. Mas Daniel está sem nenhuma vontade de encarar o registro em um hotel. Sem vontade de falar com ninguém, nem com um porteiro. Uma forma extrema de tédio. Então está há horas dando voltas pelo bairro em que passou parte da infância e adolescência. Onde era sua casa há uma pizzaria, bem movimentada. Foi até difícil reconhecer. Daniel já passou por ali várias vezes nesta noite. Pensou em entrar, comer alguma coisa. Melhor não.

Mas não havia nenhum lugar por onde tinha passado tantas vezes nesta noite como na frente da casa do Homero. É a única coisa que permanece igual. É até um pouco assustador o quanto está igualzinha ao que era antes. Parece uma casa de campo enfiada no meio da cidade. As árvores parecem ser a as únicas coisas que se modificaram: estão bem maiores. Mas é aquela mesma varanda branca. Os ladrilhos vermelhos. O portãozinho de ferro parece ser exatamente aquele de 15 ou 20 anos atrás. Antes não tinha aquele portão para a entrada de carros. Naquele tempo, Daniel acha, eles nem tinham carro. Isso é uma diferença: a rua tinha muito menos carros antigamente. Agora é até difícil arrumar um lugar onde parar. Depois de passar umas dez vezes pela casa, Daniel encontrou um bom lugar para estacionar, discreto, na frente de um grande muro, uns metros acima, do outro lado da rua. Ainda é cedo, 20h35.

Imaginou chegar na porta e dizer:

– Oi, eu sou o Paraná, lembra de mim? É... eu mesmo, o amigo do Homero. Então, tia, eu tô sem lugar pra dormir. Será que tem um lugar aí? Pode ser o quarto do velho Antero, tudo bem – mas não funcionaria.

Então ele vê um carro chegar e parar na frente da casa. Vê Homero descer e abrir o portão. "Filho de uma... Ele não estava no plantão?" Talvez agora fosse engraçado tocar a campainha: "Oi, gente!" Daniel espera cinco minutos e liga para o celular do Homero.

– Homero? Aqui é o Daniel...

– E aí, Daniel?

– Tô ligando pra saber que hora termina o plantão. De repente a gente pode se encontrar depois.

– Isso vai longe, vou passar a madrugada aqui no DP. Mas a gente se fala amanhã, não é?

– Falamos, falamos, sim. Qualquer coisa me liga. Eu tô por aí. Pode ligar que vou estar acordado.

– Certo. Ligo, sim.

– Falou.

E não é que até o Minhoca agora tá de sacanagem? "Não dá mesmo para confiar em ninguém", pensa Daniel, com um sorriso de perplexidade. "Vamos ver o que acontece."

***

– Mãe, onde está o resto das coisas do vô? Os documentos?

No primeiro momento em que ouviu essa pergunta, Cecília disse lá da cozinha, ainda lavando louça:

– Está tudo nas caixas ou no armário do quarto dele.

Na segunda vez que ouviu a mesma pergunta, Cecília veio ver o que estava acontecendo. O filho parecia nem notar a presença dela, mas perguntou, sem levantar a cabeça:

– A senhora não viu algum pacote, uma caixa, alguma coisa estranha no meio das coisas dele?

– E por que uma caixa seria estranha?

– Uma caixa com uns documentos... sei lá!

– Os documentos dos imóveis estão com a Clara... É isso que você quer?

– Não... Onde estão os documentos dele da Associação?

– Acho que é essa caixa aí em que você mexeu. As meninas deixaram tudo organizado.

– Organizado, nada... A gente não encontra nada aqui...

– Me diz então o que você está procurando...

– Nada... nada...

– Cici! Cici! Teu irmão tá procurando uma caixa nas coisas do teu avô!

Cibele responde gritando lá do quarto dela:

– O que ele quer?

– Uma caixa... uma caixa estranha com uns documentos!

— O quê? — Cibele já está vindo, ainda berrando. Vem em seu uniforme: short velho de jeans e camiseta velha da faculdade — Documentos do quê?

— Sei lá! Ele não quer me explicar!

— Tá tudo aí. O que não tá aí foi pra casa da Clara.

A irritação de Homero com as duas mulheres chega ao ponto limite:

— Não é nada, não. Não preciso de nada. Me dá sossego! É possível?

Cibele olha para Cecília com cara de "fazer o quê?". Cecília sorri conformada. Homero está sempre preocupado com alguma coisa. Desde criança. Sempre foi um menino sério. Até demais, às vezes. Cibele volta para o quarto. Cecília volta para a cozinha.

***

É quase meia-noite quando Daniel recebe a ligação. O tom de voz do Homero é de irritação:

— Eu encontrei a mulher que você tá procurando.

— Homero? Do que você tá falando?

— O nome dela é Laura Rivas Mazzocchi. Mora em um prédio na mesma rua da casa do teu amigo Kocinas.

— Espera um pouco... Eu tava aqui dando um cochilo. Deixa ver se entendi: você conhece essa tal Laura Rivas Mazzocchi, que é uma das mulheres daquelas fotos que eu te mostrei... é isso?

— A mais nova... não a coroa. Aquela de... bom... você sabe. Agora eu quero saber do tal Rui Azevedo, ou Kocinas... Qual a história?

— Quer saber o quê?

– Quero saber o que tem pra saber. Eu te falei da mulher que você tava procurando. Agora...

– Essa Laura mora num prédio...

– Ela mora no prédio ao lado da casa do morto. No apartamento 41. É meio pirada. Falei com ela. Agora é o seguinte: qual é o resto da história?

– Tá certo. É justo. Que horas a gente conversa amanhã?

– Não pode ser hoje?

– Mas e o seu plantão?

– Eu resolvo isso. Onde a gente se encontra?

– Agora acabei me enrolando, Homero, estou aqui com uma amiga... Vamos conversar amanhã cedinho.

– Tá certo, tá certo... Então a gente conversa amanhã cedo. Vamos marcar no...

– Eu tô aqui num hotel perto da Faria Lima... Tem um café ali na entrada do shopping Iguatemi...

– Pode ser...

– Que horas? Às nove tá bom?

– Não. Mais cedo... Às sete.

– Ô Homero, sete é foda... Nem sei se o shopping está aberto a essa hora... pode ser às oito?

– Tá bom, vai. Às oito, então.

– É isso aí, amigo. A gente troca figurinha amanhã. *Buenas noches*!

– Até amanhã.

"Quer dizer então que o Minhoca descobriu que conhece a moça... Tá bom... E é só isso que ele sabe... tá certo... e eu tenho que acreditar nisso..." Daniel continua ali, no carro estacionado quase na frente da casa do amigo. Está até um tanto satisfeito com a situação: de alguma maneira, a traição do Homero se encaixa para fazer as coisas serem mais compreensíveis, e portanto mais fáceis de serem trabalhadas. A primeira coisa que faz é ligar para Juliano. Percebe que mesmo este já está se rebelando:

— Mas é o apartamento 41 de qual prédio? Tem prédios nos dois lados da casa.

— É um deles. Vão lá e descubram.

— Bom... você sabe que não vai dar para entrar ali no meio da noite sem chamar a atenção. São prédios pequenos, todo mundo vai ouvir se tiver gritaria.

— Não, não quero chamar a atenção. Só é pra entrar quando tiver certeza de que o apartamento é da tal Laura e que está vazio.

— Como é que nós vamos descobrir isso? Só vendo ela sair de casa. Arrisca a gente ter que ficar na porta um dia ou até mais.

— É o que eu imagino que vai acontecer.

Juliano não está nada contente. O que deixa o Daniel ainda mais satisfeito nesta noite. Já está até com humor o bastante para ir sossegado para um hotel qualquer. Então o outro telefone toca.

— Daniel?

— Sim. Homero?

— Olha... é que eu vi agora que não vai dar para ser naquela hora amanhã. Eu tenho uma consulta com o médico e não posso mudar.

— Tudo bem. Você me liga quando terminar?

— Tá certo. Eu te ligo.

"Muito bom... muito bem... Então o Homero descobriu agora que não pode me encontrar no horário no qual ele mesmo tinha insistido para marcar? Antes estava cheio de pressa... agora, de repente, pode esperar... Muito bem. Com quem será que ele falou para descobrir isso?" Então Daniel resolve passar a noite ali mesmo, no carro, na frente da casa do Homero. Amanhã de manhã vai descobrir o que Homero tem que fazer antes de se encontrar com ele. Juliano e Caeto podem cuidar da tal Laura. Daniel vai cuidar do velho amigo.

28

Já são sete da manhã. Os dois resolveram se dividir: Juliano vigia um dos lados da rua e Caeto o outro. Cada um a cem metros do outro. Juliano achou melhor, assim não precisa aguentar o Caeto reclamando: "Nós já fizemos isso antes. Passamos aqui dois dias na frente desses prédios e não vimos ninguém. E o cara agora vem com esse papo de que a fonte dele diz que a tal mora aqui? Quem é essa porra de informante? O cara tá de sacanagem, inventou essa história só pra enrolar mais um dia. Juliano, o cara vai acabar no buraco e a gente vai junto. Nós nem sabemos mais se estamos a serviço ou não. Quem é o chefe do chefe agora? Diz aí. O cara pirou".

O pior é que Juliano está achando que Caeto tem razão. Não vai admitir isso, é claro. Mas Daniel está mesmo parecendo um maníaco. Nada disso tem sentido. Como vão encontrar os tais arquivos em uma cidade como São Paulo? O que garante que a mulher fotografada possa ajudar a encontrar o negócio? E o que Daniel espera fazer com isso, se encontrar? O cara está obcecado. Não segue as regras.

Então os dois têm que tentar se garantir no básico, e nisso Juliano concorda com Caeto. Uma das coisas foi limpar e abandonar as outras duas bases. Se caiu a do Daniel, nada garante que a deles também já não estivesse na mira.

Mas uma coisa que Juliano não fará é abandonar o posto sem receber ordens para isso. Caeto pode até cair fora, que eles não estão mais nas Forças Armadas, mas Juliano vai até o fim com Daniel. Seu maior orgulho é seguir ordens, mesmo as de um chefe enlouquecido. O telefone toca:

— Cacete, cara, você não tá me vendo?

Juliano se vira na direção de onde está Caeto, que diz:

— Vou entrar.

— Como?

— Vou entrar, você não viu a moça? Caralho!

Nesta hora, o Juliano percebe: a tal Laura existe mesmo e está vindo na direção dele, na mesma calçada. Vestido verde, jaqueta preta, tênis, óculos escuros, uma espécie de bolsa ou pequena mochila nas costas. Juliano vira-se para o outro lado e faz como se estivesse muito interessado numa das árvores do parque enquanto fala ao celular. Laura passa por ele, que diz ao telefone:

— Espera aí, meu amigo, calma.

— Calma o cacete. Tô entrando agora, você me dá cobertura. Ok?

— É melhor eu entrar.

— Já fui. Tchau!

Juliano quer avisar que a porta do apartamento deve ter uma fechadura difícil, que Caeto não vai conseguir abrir sozinho, mas o parceiro já entrou no prédio.

29

"Você não dorme?" Daniel já ouviu a pergunta várias vezes. O segredo é simples, mas ninguém acredita: Daniel dorme o tempo todo. Dorme no aeroporto esperando o avião, dorme no voo, dorme no táxi a caminho do hotel. Às vezes dá umas curtas cochiladas enquanto espera a comida no restaurante. Ou no balcão do bar. E, invariavelmente, enquanto espera o início de reuniões. Dorme um pouco de cada vez: meia hora, uma hora, cinco minutos. Nem se lembra de quando foi a última vez que dormiu seis horas seguidas. Deve ter sido no hospital, dopado.

Ele está sempre alerta. Como aqueles índios de filmes de bangue-bangue, dorme com um olho aberto. Acordou, já está pronto para a batalha. Agora, por exemplo, estava dormindo, mas foi o bico do carro de Homero aparecer para fora da garagem e Daniel já estava pronto para segui-lo.

***

Homero chegou a uma conclusão: tem que resolver a própria vida, fazer o que é importante. E o importante é ir agora de manhã ao tal médico, que já estava marcado, e ver se ganha mais um período de licença. Se isso não acontecer, vai pedir exoneração hoje mesmo. Homero tem um pouco de vergonha de admitir, mas a verdade é que a Cecília, a Selma e o Pipo estavam certos: o mundo da polícia não é para ele.

Talvez no tempo do Antero as coisas fossem diferentes, mas agora não dá. É o oposto do que Homero entendia como a vida de um policial. O problema não são os horários, que ele não tem medo de trabalho, mas o resto. A corrupção é uma parte, mas é a coisa toda que lhe causa nojo: o cinismo, a displicência, a imoralidade, a preguiça, a falta de pudor, enfim, a bandalheira geral. A própria aparência, o jeito de se vestir... cabeludos, barba por fazer... policial parece bandido.

E ver agora o Paraná foi como uma espécie de pá de cal. Está na cara que ele também é da polícia, talvez não seja da Polícia Federal, como diz, talvez do Exército, da Abin, talvez de outra coisa assim. Mas no jeito, na malandragem e em tudo mais, é como os colegas do 113º DP. A roupa é melhor, o relógio talvez não seja falsificado, mas é tudo a mesma coisa. Então o Paraná e sua investigação que esperem, antes ele vai resolver a própria vida. Quem sabe depois até não volta para a Selma?

***

Seguir Homero será uma tarefa irritante, mas não das mais difíceis: ele é respeitador das leis do trânsito. Olhou para os dois lados antes de sair com o carro, mesmo a rua estando sem movimento algum. Daniel temeu até que ele o visse. Abaixou a cabeça, como se isso fosse adiantar alguma coisa. Então deixou Homero sair e ir um pouco mais longe. Depois ligou o próprio carro e, com algum esforço, tentou manter uma distância razoável.

Ouviu o barulho de uma moto se aproximar por trás. Vinha com um cara na garupa. Os capacetes não deixavam ver nenhum rosto. Daniel esqueceu do Homero e pegou a pistola. Quando a moto chegou perto da lateral do carro, Daniel freou. Mas a moto passou direto.

Daniel ficou ali parado alguns segundos, vendo a moto indo embora. Homero também já estava virando uma esquina lá na frente, para onde também vai a motocicleta. Daniel arranca novamente. Imagina que Homero está fazendo o caminho para pegar a Avenida Francisco Morato, ou então... para ir direto ao Palácio dos Bandeirantes ali perto. Tem a impressão de ouvir tiros. Três tiros. Quando chega até a esquina vê o cara na garupa dar o quarto tiro e a moto partir. O carro de Homero está ali parado, meio atravessado na rua. Várias pessoas olham pelas janelas, um moleque está encolhido na calçada. Daniel sai e vai correndo com a pistola na mão, mas não adianta: não teria como alcançar os motoqueiros e, de longe, pelo estado dos vidros do carro, pelo jeito como está a cabeça do Homero, dá para saber que não há mais nada a fazer. Daniel não ouve mais os gritos à sua volta, guarda a arma e observa o corpo do amigo.

Homero está morto.

Olha para trás e vê algumas pessoas vindo, correndo. Uma delas ele reconhece: é a mãe do Homero. Daniel caminha na direção do próprio carro. Ficar ali só vai tornar a coisa mais complicada. E o que ele pode fazer? Dizer para a mãe do amigo que ele, Daniel, é que envolveu o Homero nessa história? Confessar que é o culpado pela morte do filho dela?

30

Laura não estava mais aguentando ficar no apartamento. Passou quase toda a noite acordada. Quando dormiu teve pesadelos. Sonhou que a polícia e o morto batiam na porta. E o Flavinho tentava explicar para eles que iria cuidar de tudo. Que já tinha chamado os médicos, e os médicos iriam enterrá-la no canavial. Rafael era um policial e também estava morto. O menino está vestido de coroinha e, ali no meio do canavial, reza uma missa chacoalhando aquele negócio de incenso que eles usam nas igrejas. Laura acordou e acendeu todas as luzes do apartamento. E colocou um disco da Ella Fitzgerald cantando canções alegres. Às sete horas da manhã, resolveu dar uma volta. Vestiu uma roupa e saiu.

Agora está andando pela Paulista e não sabe para onde ir. Não tem nada aberto. Deu uma olhada nas vitrines da livraria Martins Fontes, atravessou a Brigadeiro Luiz Antônio, caminha na direção do prédio da Gazeta, imagina parar naquele café que tem ali embaixo. Se estiver fechado, vai sentar nas escadarias da Gazeta, sempre tem um monte de gente por ali.

Para na banca de jornais para comprar algo para ler. Compra um jornal. Na hora de pagar é que se toca: a pequena mochila que está usando é a mesma com que foi para Rio Claro. As fotos da moça nua na prisão, aquelas que o Velho colocou debaixo de sua porta, estão ali, em um envelope, em uma das bolsas internas da mochila. Laura sente o volume. Fica branca de medo. Deixa o jornal no balcão e sai apressada, deixando o jornaleiro surpreso, sem entender nada.

E se a polícia pegá-la agora? Como vai explicar essas fotos? E como foi que ela esqueceu dessas? Por que não escondeu junto com as outras? "Que estúpida!"

Laura pega o metrô para voltar ao apartamento.

31

A moto está ali jogada naquele terreno baldio. E o Siqueira caminha calmamente para o carro. DePaula joga o capacete no chão, furioso:

– Você tá louco? Matou o cara! Era só para dar um susto!

– E você não acha que ele levou um susto?

Siqueira ri da própria piada.

32

— Amigo. Tem gente em casa – diz Juliano, quase sussurrando.

— Fala aí. Fala de uma vez, eu não estou entendendo porra nenhuma – Caeto está irritado com a interrupção.

— Na casa ao lado. Tem gente ali. Abriram o portão de ferro, deram uma olhada para fora. Quase me viram.

— Quem são?

— Como vou saber, pode ser qualquer coisa. Podem ser os inimigos, podem ser corretores de imóveis. Sei lá! É melhor irmos embora.

— Mas eu não encontrei nada. Agora quero resolver essa merda de uma vez. Se eles aparecerem de novo, você me avisa.

***

Normalmente Daniel teria atendido ao telefone no primeiro toque. Desta vez tocou três ou quatro vezes, antes que ele percebesse. É o Juliano:

— Nós encontramos ela. Meu amigo já está lá dentro do apartamento. Mas temos um problema: apareceram uns caras na casa ao lado.

– Fala pro outro cair fora.

– Olha... eu já falei. Mas ele não quer sair.

– Caiam fora já, vocês dois.

– Espera um pouco, acho que não estou entendendo.

– Vamos embora, agora mesmo.

– Aconteceu alguma coisa?

– Façam o que estou mandando.

O celular toca novamente dez minutos depois:

– O cara não quer sair de lá. Encontrou alguma coisa. Não me disse o quê.

– Cai fora você, então. Vai embora, já.

– Mas não posso deixar ele aqui sozinho. Ele não tem como sair da cidade. E os caras na casa ao lado?

– Estou indo. Deixa comigo. Cai fora você.

E liga para o Caeto:

– Cara, vamos embora, e já. A gente se encontra na esquina da Topázio com a Machado de Assis. Tô aí em quinze minutos para te pegar.

– Olha, tem coisa aqui. Eu...

– Cai fora! Agora!

***

Depois de vinte minutos esperando no lugar combinado, Daniel estava mais do que preocupado. Resolveu descer a rua de carro, tão lentamente quanto possível. Parou quando viu Caeto, lá embaixo, subindo a rua com alguma coisa debaixo do braço. Neste momento passou pela calçada, ao lado do carro do Daniel, a moça que eles tanto caçaram pelo bairro.

***

Foi por acaso que, lá de longe, Laura reparou naquele sujeito saindo de seu prédio. Ele tinha um computador prateado embaixo do braço, que, à distância, parecia o notebook dela. A semelhança foi aumentando à medida que Laura se aproximava. Ele caminhava na direção dela, mas parecia não ter percebido. Vinha olhando para trás e para os lados, como um ladrãozinho. Mas não olhou para frente até dar quase de cara com ela. Foi visível seu espanto nesse momento. E a máquina era um Macintosh exatamente igual ao dela.

Laura hesitou, mas talvez não tivesse feito nada se, logo depois de se cruzarem, ela não tivesse olhado para trás e tido a impressão de que ele estava apontando-a para alguém. Foi então que Laura foi na direção dele:

– Desculpa, mas esse computador...

***

Daniel pensou rápido. Sabendo que estava pensando bobagem. Parou o carro ao lado dos dois, saltou já com a funcional na mão:

– Polícia Federal, por favor, entrem no carro.

– Eu? – perguntou Laura.

– Principalmente você, por favor.

Laura pensou em dizer que queria falar com "um advogado", mas quando viu já estava dentro do carro. Tudo rápido. Ela não sabia aonde estava sendo levada. Outra coisa que também não sabia: os dois homens também não tinham ideia de onde ir com ela.

Reparou quando passaram pelo prédio. E reparou em uns sujeitos saindo por aquele portão de ferro, aquele da casa do Velho, bem na hora em que o carro passava. Teve a impressão de que um deles usava um colete de polícia.

Então por que o carro passou reto por eles? Não era todo mundo da polícia? Então por que esses dois no banco da frente parecem tão assustados?

Talvez estivessem mentindo. Talvez não fossem da polícia. Talvez essa fosse a hora de Laura também ficar muito assustada.

***

— Você encontrou? — Daniel sabia que deveria deixar para falar disso depois, quando a moça não estivesse presente. Mas, conforme a resposta, conforme o que houvesse naquele computador, livrariam-se dela na próxima esquina e sumiriam dali.

— Não, não encontrei.

— Mas então... — apontando o queixo para o computador — pra que isso?

— Tem umas pistas.

Se não fosse a moça no banco de trás, Daniel teria parado o carro e saído no tapa com Caeto. Este percebeu que o clima tinha azedado de vez.

— Mas ela pode ajudar a gente, sim.

Daniel olha para ela pelo retrovisor:

— Você pode ajudar a Polícia Federal?

— Ajudar como? Eu não sei do que vocês estão falando. Aonde vocês estão me levando?

— Laura Rivas Mazzocchi, você pode ajudar a gente? Assim você também ajuda a si mesma.

Dá para perceber que ela sofre um baque ao descobrir que eles sabem seu nome. Mas a resposta vem rápido:

– Eu não... Eu quero saber é aonde vocês estão me levando.

É aqui que Daniel percebe que a moça esconde alguma coisa. Agora que tudo virou esta merda, eles talvez tenham algo nas mãos:

– Você não está sendo presa. Tem só que prestar esclarecimentos.

– Prestar esclarecimentos onde? Para onde vocês estão me levando?

– Vamos para a subsede da Polícia Federal.

Caeto olha para ele, perplexo. Daniel responde ao olhar com um sorriso de "calma, vai por mim, você estava certo e agora eu acredito em você: essa moça sabe mesmo de alguma coisa, sabe onde está o arquivo". Pelo menos é isso que Caeto entende. Mesmo assim continua perplexo: onde irão arrumar uma suposta subsede da Polícia Federal? Caeto se arrepende de não ter ido embora quando podia. Daniel ficou maluco de vez.

– Mas, Laura, você já pode ajudar a gente a adiantar as coisas: onde está o arquivo?

Laura hesita. São apenas uns segundos, mas Daniel percebe.

– Laura, você escolhe: pode contar para nós agora ou contar lá na subsede. Pra gente tanto faz. Mas vai facilitar muito as coisas pra nós e pra você mesma se disser logo onde está o arquivo. Lá eles vão revirar a sua vida pelo avesso.

– Não sei do que vocês estão falando.

– Lá na sede você vai saber.

Daniel pega o celular e tenta fazer uma ligação. Não consegue. Mas Laura não percebe, tão concentrada está naquela espécie de reza silenciosa: "Eu não tive nada a ver com a morte dele, foi um acidente, eu não tive nada a ver com a morte dele, foi um acidente..." Quer construir uma certeza.

***

A cabeça de Daniel é um campo de batalha de perguntas sem respostas: "Por que pegaram o Homero? O que ele sabia? O que ele ia me dizer? Mas por que então não atiraram em mim? Que merda de aviso foi esse? E o que eu faço agora com essa moça? E por que o puto do Edu não me atende? Onde ele tá?"

Caeto repara que já cruzaram três vezes o mesmo trecho da Avenida Europa. Estão zanzando pelos Jardins enquanto Daniel tenta, em vão, fazer uma ligação telefônica. Vai saber para quem. Em determinado momento, Caeto, preocupado com o jeito com que Daniel dirige, pensa em se oferecer para fazer as ligações pelo celular, mas o chefe está além de qualquer contato. Caeto decide ficar quieto. Como a moça no banco de trás.

Então a batalha que acontece na cabeça de Daniel chega ao fim: "Dane-se! Tá tudo ferrado mesmo! Essa daí sabe onde tá o arquivo. Talvez saiba mais... da morte do Homero... e é isso: eu tenho que vingar a morte dele. Pelo menos isso eu tenho que fazer. Dane-se o resto!" A tradução em voz alta é mais curta:

– Vamos nessa!

Laura não sabe o que isso significa. Caeto também não, mas começa a desconfiar, um tanto assustado, quando vê que entraram na rua da mansão paulistana da Letícia Whitaker. É para lá mesmo que estão indo.

O carro embica na frente do portão. Um segurança vem até ele, mas para no caminho ao reconhecer o Daniel. O sujeito grandalhão, negro, de terno e óculos escuros, abre um sorriso. "Tá ok, pode deixar entrar" fala pelo fone. O portão começa a se abrir. Daniel se sente um pouco culpado: "Se isso der merda, o Saúva perde o emprego".

Mas o problema do Saúva é esquecido assim que Daniel ultrapassa o portão e entra com o carro no pátio em frente à casa. Apesar de o terreno ocupar um quarteirão inteiro do Jardim Europa, o pátio é um tanto pequeno. A ideia é que os motoristas deixem os passageiros ali e estacionem o carro em outro lugar. Provavelmente porque, quando os Whitaker construíram a casa, na década de 20 ou 30, não imaginavam que um dia haveria tantos carros em uma residência, mesmo numa como a deles. Neste momento há quatro carros parados ali. No meio deles, Daniel vê Eduardo Bechdel, em pé, conversando distraído ao telefone. Se ele está aqui, a Madame também está. O Saúva perdeu o emprego, Daniel também. Deu merda.

Daniel precisa tirar Laura dali, imediatamente. Dá ré no carro para tentar sair, mas os outros carros atrapalham. Para piorar, vê o Galã, que sai da casa e vai na direção do Edu. Um outro carro acaba de passar pelo portão e bloqueia de vez a saída mais curta para Daniel, que se vira para Caeto:

– Fica aqui. Eu vou resolver isso.

Basta abrir a porta para ouvir os berros do Galã:

– O que ele está fazendo aqui? Eduardo, você disse que iria resolver isso!

Daniel tenta parecer calmo enquanto caminha na direção do Edu, fazendo o possível para ignorar o Galã, que continua aos berros. Até tenta dar uma risada.

– Edu, precisamos conversar...

Eduardo Bechdel também tenta ignorar os berros do Galã.

– Mas, Daniel, o que você está fazendo aqui agora? Você tinha que estar fora...

– Eu tentei te ligar...

Então ouvem a Madame:

– O que está acontecendo? Alberto? O que é este escândalo?

De dentro do carro, Laura vê aquela mulher elegante sair de dentro da casa e percebe que chegou a hora. Abre a porta e sai correndo na direção dela:

– Letícia Whitaker, por favor! Não deixa eles me machucarem! Eu não fiz nada!

Parece que todas as pessoas que estão no pátio ficam imediatamente estáticas. Com exceção de Laura, que corre na direção da ministra até ser contida por Caeto. Ela chora:

– Por favor, dona Letícia! Eu tenho as suas fotos! Estão aqui comigo! Mas eu sou inocente! Eu não fiz nada!

Letícia olha para ela e para os três homens que antes discutiam e que agora estão mudos. Seu olhar é de uma furiosa perplexidade.

33

Caeto tenta fingir que está seguro da situação. Tenta agir normalmente. Mas sem encostar em nada daquele luxuoso escritório. Senta-se na poltrona, levanta-se e vai até a janela. Então volta para a poltrona, senta, levanta e vai até a janela. E, depois de alguns minutos, recomeça tudo de novo. Sem parar. Como se isso fosse o normal, o que ele faria se estivesse sozinho naquele escritório. Como se Laura não estivesse ali com ele.

A moça está muda, novamente. Caeto não sabe o que é pior: ela falando ou quieta desse jeito. Ela falando é um problema, quieta parece o anúncio de problemas.

Ela está sentada no meio do sofá, mas não imóvel. Cruza e descruza as pernas. Pega uma revista, folheia sem olhar nada, devolve a revista à mesa de onde a tirou. Parece alguém à espera do resultado de uma terrível cirurgia. Cada passo no corredor é o bastante para fazê-la dar um pulo no sofá.

Caeto pensou em avisar lá fora que dá para ouvir o que se fala no corredor, quando o que se fala é dito aos berros. Mas quem está berrando é o marido da ministra, então resolve não se meter. Não quer piorar ainda mais a própria situação.

Agora dá para ouvir nitidamente a voz do Galã:

– Você não pode entrar aí. Só vai aumentar o problema.

Caeto não ouve o que se fala na sequência. O silêncio dura alguns minutos, depois dos quais a porta se abre e entram Eduardo Bechdel e Daniel. Caeto levanta meio que fazendo uma continência. Daniel faz um sinal para ele sair da sala.

Os dois homens se sentam nas poltronas à frente do sofá onde está Laura. Um deles ela já conhece: é o que a prendeu, deteve ou seja lá o nome que eles venham a dar a seu sequestro. Ele precisa de um banho, trocar de roupa, fazer a barba. Mas não parece ser só por isso que está zangado. O outro é um tipo bem diferente: elegante, sofisticado, mas com uma cara confiável, como a de um negociante norte-americano, desses bem suspeitos. Daniel é claramente o mais ansioso, mas quem fala é o outro:

— Laura Mazzocchi. Antes de tudo, obrigado por ter vindo...

Daniel vira o rosto para o lado, como que tentando disfarçar o riso sarcástico. Ela fica tão surpresa com o gesto que esquece de gritar "eu não vim, eu fui sequestrada!" Em vez disso, pergunta:

— Aqui é a subsede da Polícia Federal?

Eduardo não dá chance para que Daniel abra a boca.

— Não, Laura, aqui não é uma subsede da Polícia Federal. Para garantir que você estivesse em segurança, o agente Daniel decidiu que era melhor, neste primeiro momento, te trazer para cá. Você sabe que está em uma situação delicada, não é?

— Delicada?

— Sim. A pessoa com quem você teve contato, a que te deu as fotos, era um criminoso procurado no Brasil inteiro.

— Mas eu já disse! Eu não me relacionei com ninguém! O Velho estava me perseguindo! Ele não me deu as fotos, mandou pra me ameaçar!

Daniel interrompe:

— Foi você que empurrou o velho escada abaixo?

— Não! Eu não fiz nada! — Agora, sim, Laura se apavora. Para sorte dela, o outro, o elegante, interrompe o esculhambado:

— Calma, Laura, calma. Pode ficar calma. Ninguém aqui está te acusando de nada. Mas precisamos entender o que está acontecendo. Até para te ajudar. – Eduardo olha com o rabo de olho para Daniel, que, impaciente e irritado, volta-se para o lado como se procurasse alguma coisa para fazer enquanto espera o tempo passar.

— Mas o teu computador... tem vários arquivos sobre a ministra...

— Eu estava tentando descobrir se era ela!

Daniel ri:

— E você reconheceu ela porque era uma loira de olhos verdes...

— Não! Eu vi uma foto antiga dela, em uma reportagem da...

Para sorte da imaginativa Laura, Eduardo interrompe novamente:

— Por favor, vamos manter a calma.

Laura cai no choro:

— Eu queria descobrir... para dar as fotos a ela...

Neste momento a porta se abre e entra a ministra:

— Basta! Já chega! Isso já foi longe demais!

Ela vai até Laura, senta-se ao seu lado e a abraça. Beija seu rosto. Laura sente as lágrimas no rosto de Letícia. É uma senhora, de tailleur e cheia de autoridade, mas ainda assim continua sendo ela. A moça que aparece nas velhas fotos.

34

O ponto de encontro semioficial do DP é a padaria Quitéria, ali na esquina. É um raro lugar seguro para policiais. Onde podem tomar seu café ou sua cervejinha tranquilos, sem o perigo de serem vítimas de alguma violência. Neste momento, no entanto, quem olhar na direção daquele grupo formado por Matias, Bianchi e DePaula vai notar que estão bem tensos, falando baixo e olhando de lado.

Juneca, que atende os policiais, é novo na padaria, mas não é besta e já percebeu que a coisa está mais quente que o normal, por isso mantém a distância regulamentar. Imagina que estejam tramando algum rolo muito sinistro. Ou, o que é bem possível, tenham descoberto a pista dos bandidos que apagaram o rapaz, o tal Homero, e estejam preparando a vingança. Juneca é sabido, e está bem próximo da verdade. Os três policiais sabem quem matou Homero. Até porque um deles, o DePaula, era quem estava pilotando a moto.

– Não dá mais para contar com o cara! – DePaula e os outros evitam falar o nome do Siqueira.

– Ele pirou, é o que tô falando e já faz tempo, não é de agora, não. Agora é que pirou de vez, mas já tava malucão antes.

– Também não é assim, Bianchi… Pode ter sido um acidente… acontece…

– Acidente a porra! O cara fez na consciência. Você não ouviu o que o DePaula disse? O cara fez a merda e depois ficou rindo.

– Puta que pariu... – Matias tenta, mas não tem como defender o Siqueira. Se até o DePaula, que é caso clínico de maluquice, também acha que o Siqueira pirou... Mas o que fazer? O Siqueira é o chefe de verdade. Se ele cair vai o DP inteiro junto. Fodeu o esquema, fodeu tudo. Tá todo mundo fodido. E se é verdade que o bostinha do Homero estava em contato com a Corregedoria, então agora o DP todo está fodido e meio.

– Não dá mais pra vacilar, Matias. Vamos ter que resolver essa bagaça antes que a coisa fique pior.

Matias não ouve direito, pensa na possibilidade de arrumar uma transferência. Cair fora antes que a coisa exploda de vez. Mas não há como fazer isso assim tão rapidamente. Não tem outro jeito: é preciso resolver o problema em que o Siqueira enfiou todo mundo.

– Precisamos conversar a sério com o Siqueira.

– Conversar com ele o caralho! Matias, tô te dizendo: o cara não tá em condição, é caso de internar e jogar a chave.

35

Donatella iria adorar se soubesse que a filha está na casa de Letícia Whitaker. Ainda que tão direitista, Donatella reconheceria em Letícia uma representante da aristocracia paulista. Alguém que sabe distinguir uma verdadeira Louis Vuitton. Laura tem certeza de que deve ter chá das cinco, com louças de Limoges. Talvez, no entanto, Donatella antipatizasse com a antiguidade de tudo. Até mesmo os móveis modernos portam-se como clássicos, coisa de museu. E "coisa de museu" é uma das maiores ofensas no vocabulário de Donatella.

A julgar pelo que dizem todos, Laura está ali para sua própria segurança. Enquanto isso, Eduardo avalia o quanto há de perigo em ela voltar para o próprio apartamento. Ninguém diz nada claramente, mas é mais ou menos sugerido que existe uma rede de criminosos envolvida no caso. Uma rede tão poderosa que tem infiltrações na polícia. Por isso, Laura é aconselhada de maneira muito sutil, mas muito firme, a também manter distância da polícia.

Eduardo a convida a visitar uma fazenda no Rio Grande do Sul. Mas ela diz que no momento só pensa em visitar a mãe, em Rio Claro. "É claro", diz Eduardo, "imagino que você queira estar com a família, estamos resolvendo tudo isso. Tudo vai ser resolvido ainda hoje". Todos são muito gentis. Ela tenta parecer mais calma que antes, sorri para todos. Mas, felizmente, não é preciso sorrir para Daniel e Caeto. Eles sumiram. Talvez porque sejam toscos demais para conseguir ao menos fingir que são gentis.

Laura contou quase tudo a Letícia e Eduardo. Falou do encontro com o Velho no metrô, contou da perseguição que ele passou a fazer, falou das fotos, do medo que sentiu. Mas não mencionou o revólver que tem em casa e nem o que aconteceu na última vez em que viu o Velho. E não falou da pasta, nem de seu conteúdo. Talvez até tivesse falado, se Letícia Whitaker não tivesse sido chamada no meio da conversa. Os minutos que passaram juntas fizeram Laura compreender por que tanta gente a adora. Se Laura acreditasse em algum político, acreditaria em Letícia. A ministra fala olhando nos olhos de seu interlocutor de um jeito que é impossível duvidar do que quer que diga.

Para Laura, falou da ditadura, do que foi o país no passado e o momento especial que vivemos hoje, com a mudança possível que irá, finalmente, fazer do Brasil um lugar mais justo. Se a eleição fosse hoje, exatamente agora, Laura votaria na ministra.

***

Letícia Whitaker, aparentemente, foi embora. A casa é tão grande que não é possível ter tanta certeza. Tudo é lindo, tudo é bacana. Laura foi deixada à vontade, para circular pela casa livremente.

Mas o fato é que ainda não devolveram seus documentos e seu computador. E está claro que toda aquela gente gentil ficará bem chateada se Laura tentar sair da casa sem pedir permissão.

36

Daniel Escalante aterrissou em Brasília. É uma informação importante, que chega rapidamente ao secretário do Governador. "Mas isso significa o quê?", pergunta-se Manuel Ângelo. "Eles desistiram? Ou conseguiram o que queriam? E o que é que eles queriam?" Não deve ser coincidência essa volta de Daniel a Brasília e a visita-relâmpago de Letícia a São Paulo. Eles se encontraram. Mas quando? Como?

Não dava para contar com o Serviço de Inteligência do Palácio dos Bandeirantes, até porque o próprio Manuel, com a ajuda de Medeiros, tinha atropelado os caras e os deixado completamente sem rumo meses atrás. Mas e o Medeiros? Como é que não soube do que se passava?

Como é que a mulher vem para São Paulo e eles não ficam sabendo? Ela vem para fechar a chapa para o governo do Estado, é claro. E ninguém no Palácio dos Bandeirantes é informado. Se não fossem os jornalistas amigos, Manuel descobriria as coisas pela televisão.

Ou será que Medeiros sabe e não está repassando a informação? E se está tratando desses assuntos diretamente com o Governador? Manuel sabe que, nas últimas semanas, o Governador e Medeiros tiveram mais de um contato sem que ele estivesse presente. Manuel está seguro a respeito da própria importância em tempos de paz, mas agora é guerra. E o Governador pode preferir um soldado como principal conselheiro.

Pode ser que Daniel tenha sido demitido. O Governador iria adorar isso, descobrir que Daniel Escalante perdeu sua proteção.

Manuel Ângelo treme com a idéia. Se isso for verdade, o Governador vai soltar os cachorros. Vai ter sangue. Manuel não gosta de sangue. Talvez seja o caso de falar de novo com Eduardo Bechdel.

37

– Pronta para ir para casa? – Eduardo seria o melhor vendedor de imóveis da televisão. Sorridente, confiante, feliz com a felicidade do cliente.

– É claro! – diz Laura, agradecida.

– Teus documentos estão aqui...

– E o meu computador?

– Já está na tua casa.

Eduardo percebe que a informação a deixa incomodada.

– É... eu sei. Invadimos a tua vida. Desculpe-nos. O pessoal fez o possível para deixar tua casa como estava. Mas você vai notar que tem bastante coisa fora do lugar. Não sabíamos com quem estávamos tratando. Acabamos nos precipitando. Por favor, me avisa se algo estiver... quebrado ou sei lá.

– Tudo bem.

Então ele passou a explicar que precisariam tomar várias precauções para garantir a segurança dela, e que Laura deveria evitar se expor, etc, etc. E, por fim, que deveria entrar em contato com ele, Eduardo, caso qualquer coisa acontecesse. Se alguém a procurar, ligue. Se notar alguém estranho, ligue. Se lembrar de alguma coisa, ligue. Diz isso quando dá o número de telefone para ela. Repete tudo enquanto caminham para a van. E repete, por fim, quando se despede, à porta do veículo.

— A ministra gostou muito de você. Acho que ela se identificou... Passado este primeiro momento, gostaríamos de voltar a conversar. Queremos você na campanha. E, é claro, queremos teu voto.

A moça sentada no banco da frente, ao lado do motorista, se vira para ela também toda sorridente:

— Oi, Laura, vamos dar um passeio antes de você poder ir para casa. Ok?

— Vamos passear, então — Laura é toda boa vontade.

O grande portão de ferro se abre e a van lentamente sai para a rua. Laura ainda tem dificuldades para identificar as ruas por onde passam, até finalmente perceber que estão próximos do Ibirapuera. Passam pelo Obelisco e tomam a direção do centro, pela 23 de Maio. Em determinado momento os dois do banco da frente comentam um para o outro:

— Tudo bem?

— Não dá pra ter certeza... mas eu não vi nada de estranho.

Saem da 23 de Maio e sobem a Rua Estela. Laura imagina que irão pegar a Domingos de Morais para os lados da Estação Ana Rosa, mas eles viram para o outro lado, para a Vergueiro, no sentido Liberdade. Antes que ela diga qualquer coisa, a moça da frente se vira para trás:

— Como disse, Laura, vamos dar um passeio antes de você ir pra casa.

A van sai da Vergueiro e para em uma das entradas da estação Paraíso, junto àquele conjunto de prédios horrorosos, perto da Igreja Ortodoxa. A moça da frente sai e abre a porta para Laura.

— É aqui que eu fico?

— Ainda não. Vamos para o metrô.

Descem as escadas rolantes, atravessam as catracas e tomam o rumo da linha Norte-Sul. Entram no vagão e partem. Vão na direção oposta à da Aclimação. Estação Vergueiro, São Joaquim... Param na estação Sé, que está lotada. Vão para a linha Itaquera–Barra-Funda. Enquanto caminham, a moça diz para Laura:

– Agora você vai com ele. Tchau, bom passeio.

Laura nem tinha percebido aquele rapaz magrelo, barba por fazer, que, pelo jeito, já vinha caminhando com elas antes. Ele só dá um sorriso e diz:

– Vamos por aqui.

Pegam o metrô no sentido Barra Funda, mas param antes, na estação Santa Cecília. Onde o rapaz leva Laura até um táxi. Ela fica no banco de trás, e ele vai na frente, ao lado do motorista. Passam pela Amaral Gurgel, sob o Elevado, e sobem a Consolação. O rapaz não fala nada. Até estarem próximos do Cemitério da Avenida Dr. Arnaldo.

– Ali é a estação Clínicas. Você sabe chegar daqui, não é?

– Claro.

– Por favor, motorista. Pode parar ali na entrada do metrô. Ela vai ficar e eu vou seguir.

O táxi para. Laura abre a porta. Fica sem saber se dá um tchau ou não. O rapaz é quem fala:

– Boa sorte. E, se precisar de alguma coisa, é só ligar. Você tem o número.

E vai embora.

Laura entra rapidamente na estação.

38

Claudia tinha viajado com as crianças para a casa da mãe, em Bauru. Então quem encontrou o corpo do Siqueira foi a empregada. Ela quase desmaiou de susto. Tinha sangue para todo lado. Mas o pior eram os pedaços de ossos e miolos. Siqueira era um policial experiente, conhecia o poder de uma escopeta, deveria saber que aquilo iria acabar com a sala. Não tinha desinfetante que pudesse salvar o sofá. Até o bilhete de despedida estava respingado.

Alguém poderia dizer que o Siqueira revelara naquele bilhete uma capacidade de articular palavras que nunca tinha sido vista antes em seus relatórios. Mas a letra tosca e os erros de ortografia garantiam que não seria necessário um perito para atestar que aquilo tinha sido escrito mesmo por ele. A letra tremida revelava o drama interior de um homem desesperado.

No bilhete, Siqueira desculpava-se com a família e seus colegas do DP por ter envergonhado a todos ao ter se transformado em um policial que tinha praticado atos ilegais. "Ainda que poucos, é razão de um remorso que levo no coração. Porque sei que é uma coisa incompatível com a função de policial."

Na autodescrição final de Siqueira, ele tinha se tornado um policial maculado por ter aceitado pequenos presentes de alguns comerciantes que defendera, por ter feito uns bicos como segurança e por ter dado uns tapas em bandidos perigosos. E estava tão envergonhado disso que tinha decidido pôr fim à própria vida. Mas cada confissão no bilhete era, antes de tudo, uma acusação contra as pressões sofridas pelos policiais civis de São Paulo. Um retrato das missões impossíveis diárias de cada policial: resistir à corrupção e ser chamado de gorila, atirar em bandidos e ser acusado de assassinato, defender a sociedade que o apedreja.

O bilhete se tornou um sucesso, o assunto de todo tipo de comentaristas de rádio e colunistas de jornais. Saiu até um editorial na *Folha de São Paulo*, chamado "Pequenos Crimes, Grandes Crimes", em que se comparava os atos de Siqueira às malfeitorias dos grandes nomes do Governo Federal. No final, Siqueira era comparado aos samurais, que provavam sua inocência cometendo o haraquiri. A revista *Veja* chegou a reproduzir trechos do bilhete na capa (com um ligeiro trato na ortografia, é claro). Na reportagem, a revista lembrou que outro policial do DP 113, muito amigo do Siqueira, tinha sido assassinado recentemente por desconhecidos, suspeita-se que do PCC. Um crime sem nenhuma razão aparente, a não ser, talvez, para mostrar que as vidas dos policiais valem muito pouco na cidade que eles juraram defender.

39

Manuel começa a se perguntar se não é o fim. Está na cara que Medeiros tem linha direta com o Governador. Manuel sobrou. Como é que o Medeiros pode fazer algo assim? Depois de tudo o que Manuel fez por ele? Mas só isso para explicar a súbita e suposta inatividade da equipe do Medeiros. E o Governador calmo, como se fosse alguém que não se preocupa com essas coisas. Daniel sumiu novamente e o Governador não quer saber para onde ele foi? E essa história do tal do Kocinas? O cara desaparece de repente, de maneira esquisita. Há uma guerra nas ruas, com sangue rolando. O Medeiros está de sacanagem. O Governador tá na onda dele e está descartando o Manuel. Talvez seja o caso de já garantir a aposentadoria.

40

O combinado foi que Laura agiria normalmente. Mas agora ela se pergunta o que é agir normalmente. Tem uma vaga ideia: é acordar às 7h45, tomar café com leite, ir para o trabalho, voltar do trabalho, tomar banho, assistir à novela enquanto janta e depois dormir. Mas, afora dormir e tomar banho, nada disso faz parte do padrão de comportamento dela.

O combinado também era que Laura fosse passar um tempo em Rio Claro. Passaria no apartamento, pegaria umas roupas e iria para a rodoviária. Quando combinou isso com Eduardo, Laura não estava de fingimento. Mas agora pensa que talvez seja melhor comprar um scanner novo. Além de conferir o resultado da invasão do apartamento pelos agentes da ministra.

No caminho, Laura imaginava que encontraria a porta arrombada e o apartamento todo quebrado. Nada disso. Para começar, a fechadura estava inteirinha e o apartamento continuava aquele templo de tranquilidade. Tinham sido bem sutis. Se Laura fosse um pouco mais distraída, talvez não notasse nada. Mas ela percebe que os livros e CDs estão mais arrumados que antes. Aliás, prestando mais atenção, tudo parece sinistramente mais em ordem. Dá para ver que eles viraram o apartamento de cabeça para baixo. Tudo foi mexido: escritório, quarto, sala, cozinha, banheiro, área de serviço. Mas tudo foi deixado em ordem.

Mesmo assim, como é que os vizinhos não notaram a movimentação? Está certo que as paredes dos apartamentos são bem grossas, e que ela é nova no prédio, e o vizinho da frente está viajando, mas ninguém notou que tinha gente estranha andando por ali? Ou seja, se aparecer um bando de brucutus e levá-la embora, ninguém vai perguntar nada. "Não era isso que você queria?", diz o cínico anjinho sentado no seu ombro, "um lugar onde ninguém notasse ninguém? Bem-vinda a São Paulo, querida".

É preciso tomar cuidado. Para começar, como parte do fingimento que tudo está normal, Laura vai continuar fingindo que não sabe onde está o arquivo do velho.

Ela precisa agora é de um tempo para respirar. Fazer nada por algumas dezenas de minutos. E a melhor maneira de não fazer nada é ligar o computador e dar uma olhada nas notícias do dia. Mesmo sabendo que se passou apenas um dia desde que ela foi sequestrada, tem a impressão de que se passaram meses.

De cara, vê que Letícia Whitaker está nas manchetes: escolheu seu candidato a vice. É destaque em todos os sites de jornais. Laura muda de página rapidamente. Imagina que seus movimentos na rede podem estar sendo monitorados. Vai então ao guia de filmes para ver o que há nos cinemas. É um pouco estranho notar que os filmes são os mesmos que estavam em exibição quando ela foi sequestrada. O mundo não muda tão rápido quanto uma vida, diria Odair José. Ela começa a ler uma sinopse de um filme italiano, de Mario Monicelli, que está sendo exibido na Cinemateca da Vila Mariana. Mas não consegue prestar atenção. Sua cabeça está na política estadual. "Foda-se", diz para o anjinho antes de sair correndo pela rede até a página que traz as últimas notícias da candidata ao governo do Estado de São Paulo.

Letícia aparece em um palanque, ao lado de diversos políticos, todos rindo como se aquele fosse o momento mais feliz da vida de cada um. "Como é que ela consegue?", pergunta-se Laura quase rindo também, "Uma hora está chorando comigo e momentos depois está sendo fotografada assim, toda alinhada e ridente no meio desses pulhas! Isso que é profissionalismo". Mas ainda está encantada com o tal carisma da ministra e é ainda capaz de perdoar tudo nela. Por isso, tem fôlego para circular entre as notícias a respeito da candidatura. "Um Novo São Paulo", "Macroprograma que envolve uma grande aliança diversificada, que expressa a dinâmica de um Estado no qual a primeira necessidade é a união de todos", blablablá.

E o vice demonstra o quanto a aliança é diversificada: apesar de jovem para os padrões da política (tem 42 anos), de novo só tem a cara de playboyzinho. Seu direitismo é evidente até no corte de cabelo. Hélio Junqueira é o representante da "nova geração de líderes do empresariado paulista", segundo o seu PPN – Partido do Progresso Nacional, que garantiu mais uns minutos de TV para a campanha de Letícia, além de ajudar a desmanchar a imagem de radical de esquerda que poderia atrapalhar sua candidatura. Letícia é questionada a respeito da incoerência política na escolha do vice. "Nossa aliança com o PPN simboliza a firme convicção de que só resolveremos os problemas do Estado a partir de um diálogo aberto com todas as correntes do pensamento paulista. As divergências do passado não podem ser obstáculos no caminho do futuro." Nem parece a mesma mulher com quem Laura conversou há pouco.

Mas alguma outra coisa perturba Laura. Volta para a foto que mostra Letícia e o tal Junqueirinha juntos, em pé, no palanque, de braços levantados como se acabassem de vencer um campeonato de luta livre. Existe algo na cara dele que lembra alguma coisa. Laura localiza uma biografia no site do PPN. Tem apenas uma foto do rapaz, em pose de galã de novela das seis. Mas é uma imagem que faz Laura empalidecer. Ela faz então uma pesquisa por imagem. "Hélio Junqueira". Aparecem vários "Hélios", vários "Junqueiras" e também vários "Hélios Junqueiras". Fotos dele em reuniões de empresários. Fotos dele em festas e com mulheres da vida burguesa fácil. Fotos dele como piloto de corridas de automóvel. E ele, mais moço, montado em um cavalo, com roupa de jogador de pólo. E, por fim, uma foto dele, bem jovem, como campeão de uma corrida de kart. Laura estremece. Larga o mouse do computador, mas não consegue desgrudar os olhos da tela.

Ela precisa checar o arquivo do Velho. Prefere acreditar que está delirando.

41

O telefone toca e Daniel sabe quem é: Eduardo Bechdel.

– Precisamos conversar. Onde você está?

– O que aconteceu?

– Ela, a moça, ligou. Quer uma conversa e quer que seja com a Madame. Acho que você estava certo: ela sabe mais do que contou pra gente. Preciso conversar com você, decidir o que fazer.

– Estou longe.

– Pegue um avião.

– Estou longe de aeroporto, meu amigo. Mas é o seguinte: como você finalmente percebeu, eu sou um sábio e vou te dar um conselho: chama a moça para conversar com a Madame. Agora mesmo. Neste momento.

– Você tá louco! Não é possível. Não agora, a agenda está lotada. E isto aqui está apinhado de jornalistas.

– Bom, meu conselho é esse. Chama a moça para conversar com a Madame, agora, antes que ela fale com outra pessoa qualquer. A melhor maneira de evitar escândalo é cuidar bem dessa moça.

– Que puta que pariu!

Daniel se diverte com a óbvia falta de jeito com que Eduardo fala palavrões.

– Calma, amigo. Vai dar tudo certo. Chama a moça e segura ela aí até a Madame ter tempo de falar com ela. Vou dar um jeito de estar aí em São Paulo amanhã.

– Obrigado.

Daniel desliga o telefone e dá risada.

– Não disse que ele ia ligar?

Juliano também ri.

– E você não mentiu: aqui onde estamos, na Aclimação, é longe pra cacete do aeroporto de Cumbica.

– Isso aí. Eu fui militar, nunca minto. E cumpro minhas promessas: amanhã estarei em São Paulo.

– Mas você já está em São Paulo.

– Sim, prometo que não vou sair da cidade até amanhã.

Os dois riem. Daniel sabia que Eduardo ligaria. Porque ele e Juliano ouviram toda a conversa telefônica entre Laura e Eduardo. O telefone dela está grampeado, o computador também, e duas pequenas câmeras transmitem tudo o que se passa na sala e no escritório do apartamento dela.

Assim que viu Laura voltando para o escritório com aquele pacote envolto em um saco de lixo preto, Juliano chamou Daniel, que dormia no quarto ao lado. Viram-na tirar as pastas da sacola e, de dentro de uma dessas pastas, tirar algumas fotos. De onde estavam, viam Laura de costas, de frente para o computador. Um dos computadores de Juliano reproduzia a tela do computador de Laura. Naquele momento mostrava diversas fotos de Hélio Junqueira. Alguma imagem dele tinha alguma relação com as fotos que Laura tinha às mãos, mas, apesar de tudo, a câmera escondida não conseguia transmitir exatamente o que havia nas tais fotos. Juliano sugeriu que entrassem lá e resolvessem a parada de uma vez. Mas Daniel mandou esperar. Adivinhou que ela iria telefonar. E não foi totalmente uma surpresa que a ligação fosse para Eduardo. Daniel pode ser meio surdo, desastrado e um tanto teimoso, mas tem um talento especial para adivinhar o que passa pela cabeça dos outros, mesmo de gente maluca como Laura.

42

A sala é a mesma da outra noite. O escritório com ares de nobreza britânica, na mansão de Letícia Whitaker. Mas, da outra vez que esteve ali, Laura não prestou atenção em nada a não ser em seu próprio medo. Ela ainda está assustada, mas não como antes. Agora tem até alguma calma para ficar prestando atenção nas velhas fotos da nobre família Whitaker e o retrato de um patriarca na parede. Agora também nota que não é só ela que está assustada. Letícia e Eduardo tentam parecer que estão apenas revoltados, mas percebe que estão é com medo, e medo dela.

Eduardo está com uma folha de papel amarelada na mão. Não fica claro se é um relatório ou uma carta a respeito de como foi a detenção e o interrogatório de Letícia Whitaker.

"Maria Letícia Albuquerque Whitaker foi detida no apartamento secreto do Professor, o abatedouro que ele costumava usar para comer as alunas. Na Rua Bela Cintra. Ela tinha a chave do apartamento. Mas o Professor não se encontrava no local. Já estava fugindo do Brasil, mas a gente ainda não sabia. E a moça, pelo jeito, também não. Ainda assim, recusou-se a dizer qualquer coisa além do próprio nome. Só falou depois, no interrogatório. É um tipo difícil, briguenta, dizia que não iria contar nada. Mas acabamos descobrindo que não tinha mesmo nada a contar. Pelo menos nada que a gente já não soubesse. Por isso, horas depois, quando recebemos a ordem para liberá-la imediatamente, fizemos o que foi mandado. E como iríamos saber que não era para mexer com a moça? Como iríamos saber que era de menor? É um mulherão! E como iríamos saber que é a sobrinha favorita do general? Ela não falou o nome e, mesmo que tivesse falado, ninguém ali sabia nada da tal família Whitaker. Por isso ficamos todos chateados com o esporro que levamos. Quem está na linha de frente tem que decidir na hora. E, além do mais, a tal Maria Letícia pode ser burguesa e de família de bem, mas, além de vadia, vai ser comunista quando crescer. Nesse caso nossa posição é que o…" O texto termina assim, porque continuava em outra página, que desapareceu.

Letícia está lívida. Fala sozinha:

– O que me fizeram… Eu teria morrido ali. Eu queria morrer. Foi um milagre que meu tio tenha descoberto antes que me matassem. Assim que me recuperei, minha família me colocou num avião e eu fui viver em Londres. As cicatrizes desapareceram, fiz terapia, mas durante anos tinha pavor da ideia de voltar ao Brasil.

E então volta-se para Laura:

– Por que você não disse que tinha esse papel? O que você quer?

– Por que a senhora tem medo disso? O que a revelação dessas fotos e desse bilhete pode fazer de mal agora? A senhora não denunciou ninguém. Não fez nada de errado. Ninguém pode te condenar por coisa alguma. Por que tem medo?

– O quê?! – agora ela é a famosa Letícia furiosa – O que você sabe disso? Você não tem ideia de nada! Leu nos livros! Não sabe o que é ser humilhada… violentada… Será que consegue imaginar isso?

Eduardo interfere:

– Calma, Letícia!

– Não! Deixa eu explicar uma coisa para essa menina…

Laura também berra:

– Mas eu descobri o que faz vocês terem medo de verdade. Não são suas fotos, nem este bilhete. É outra coisa, não é? Tá aqui, ó – tira da bolsa o envelope e joga sobre a escrivaninha.

Mas Letícia, tomada pela fúria, nem presta atenção, perde completamente a calma aristocrática e esquece as aulas de retórica:

– Ah! Quer dizer que você acharia engraçado ser estuprada e ver as fotos no jornal? Sim, atrapalharia a minha eleição, se é isso que você quer ouvir. Porque o mundo sempre tratou e sempre vai tratar uma mulher que foi vítima de estupro como se ela fosse a culpada. O estuprador ainda pode posar de machão, de comedor. A estuprada é sempre uma vagabunda, uma lazarenta. Aqui é como no Islã, e é assim em qualquer lugar do mundo. Meus pais tiveram vergonha do que me aconteceu. Me mandaram para fora do Brasil para que ninguém soubesse. Só depois "me perdoaram". Então o que você quer? Quanto você quer para não mostrar isso para a imprensa?

– Tá pensando que eu sou chantagista? É isso?! Olha aí: as fotos que eu tenho estão aí, os negativos também, eu não tenho cópia de nada disso. O que eu quero é ver você admitir sua hipocrisia! Como, depois de tudo o que passou, faz o que faz agora?! Vê a foto que está nesse envelope e admite isso!

Eduardo, que retirou a foto de dentro do envelope e passou os últimos momentos observando a imagem, interrompe o bate-boca:

– Letícia, olha isto.

– Eduardo, não quero olhar mais nada. Quero essa moça fora da minha casa!

Laura pega a bolsa e se levanta.

– E quem disse que eu quero ficar aqui? Vou embora agora mesmo. Não precisa chamar seus cachorros! E pode ficar sossegada! Eu não vou falar nada! Morra com os seus demônios!

Agora é o Eduardo que levanta a voz:

– Não! Laura, você fica aqui! Letícia, dê uma olhada nesta foto.

Letícia olha e parece que quase desmaia. Apoia-se na escrivaninha.

– Que horror... O que é isso... Quem é o homem?

– Não sei... mas você reconhece o menino? – Eduardo leva a foto para mais perto dela, que automaticamente vira o rosto, com nojo – Olha direito, Letícia. É o Hélio, seu vice.

Laura já tinha saído da sala. O segurança, que tinha sido avisado para não deixar ninguém entrar ou chegar perto, não tinha sido orientado para impedir que alguém saísse. Laura caminhou para fora da casa sem que ninguém perguntasse nada.

43

Neste momento, Cibele está na cozinha e se toca que Homero não tinha um prato favorito. Não havia a torta de limão do avô, ou a lasanha que ela, Cibele, adora. Homero gostava de arroz, feijão, macarrão e qualquer coisa que achava normal comer. Odiava comida exótica e isso incluía até moqueca baiana. Nunca entraria em um restaurante japonês.

E no final era ele o mais exótico, com a mania de querer ser o que achava ser normal. Era alguém que se esforçava demais para passar despercebido. Talvez por isso gostasse tanto de uniformes.

Cibele tem esses pensamentos porque não aguenta mais aquele monte de tias velhas relembrando as tantas qualidades do irmão. Elas, que nem o notavam antes, agora descobriram que ele era uma espécie de santo.

Mas Homero vai fazer falta, ainda que fosse tão chato. A casa ficou grande demais. Clara está certa: é preciso convencer a mãe a vender. Não é seguro duas mulheres morarem sozinhas em uma casa como aquela. Cibele ainda vacila. Sente pena do que será feito com o lugar. Certamente irá virar um prédio. As árvores serão todas derrubadas. Tudo irá desaparecer. Todos os sinais do passado da família. E então vem a lembrança do irmão brincando no quintal com seus dois amigos, o Pipo e aquele outro. "Como era mesmo o nome dele?" Por alguns segundos, a lembrança dos três meninos faz Cibele sorrir.

44

Quando Laura chegou ao apartamento, tudo estava em ordem. Então saiu e foi conferir o duto do lixo. O saco com os arquivos tinha desaparecido. Pensou em ligar para Eduardo, mas desistiu da ideia. Não estava surpresa. Apenas desiludida.

Foi ao computador, escreveu uma mensagem em grandes letras, para seu próprio endereço: "Vão todos vocês para o Inferno!" Enviou. Começou então a procurar as câmeras que haviam escondido em sua casa.

45

Sentado à mesa do restaurante, Manuel olha a praia e considera a possibilidade de ligar para a mulher: "Nossos filhos já estão velhos, Marta. Não precisam mais de nós. Ninguém mais precisa da gente. Vamos morar na praia, vamos vir aqui para o Nordeste e arrumar um canto longe de tudo. Esquecer da política, esquecer desse mundo aí". Pode ser aqui mesmo, neste lugar tão ensolarado, com esse pequeno cais. Não. Melhor não. O João Serralho jamais iria permitir gente do Governador de São Paulo solta por aqui. Nem mesmo um aposentado. Manuel se lembra da famosa frase do Serralho, quando houve a briga pela fábrica da Backsberg: "Quem manda aqui sou eu que fui eleito o governador deste Estado, e não o Governador de São Paulo". É por isso que este encontro de Manuel não poderia acontecer em outro lugar. Aqui é território não dominado pelo Vampiro. Em Manuel, o sentimento de medo de um lugar sem a proteção habitual se mistura ao sentimento de liberdade, a deliciosa liberdade de estar fora das garras do velho amigo.

A maior dificuldade foi escapar da vigilância do próprio time, conseguir arrumar uma desculpa para se ausentar em um momento tão crítico das articulações políticas e tomar um avião sem que ninguém do Serviço de Inteligência ou alguém do próprio Medeiros estivesse junto dele. Mas se o que veio buscar for algo tão precioso como pensa, o Governador ficará tão agradecido que ele, Manuel, voltará ao lugar de direito. E Medeiros deixará de ser um problema.

O que Manuel pedirá? Horas atrás ele diria: "Quero meu prêmio em sossego". Uma boa aposentadoria. Mas se o presente for assim tão precioso, talvez seja o caso de continuar na luta por um pouco mais de tempo. Se isso for o que parece ser, Manuel dará a reeleição de presente ao Vampiro. Por mais ingrato que este seja, Manuel estará garantido.

Talvez seja por isso essa sensação de liberdade. Livre, enfim, Manuel repara na moça que passa por ele. Morena, cabelo comprido, alisado, vestido leve de algodão lilás. Em outros tempos, 30 ou 40 anos atrás, meninas como ela talvez também tivessem reparado nele. Mas Manuel não se perturba com a indiferença da moça. Está além desse tipo de frustração, tão calejado está por outras decepções.

Quando vira o rosto, dá de cara com o Daniel e seu sorriso irônico. Está sentado à frente de Manuel. Como se tivesse surgido do nada. Usa óculos escuros, camisa de linho azul-clara, toda amarrotada, e carrega uma sacola artesanal de lona clara pintada com uma paisagem marinha. Dentro dela parece haver várias coisas. Um gravador, talvez. Ou uma pistola. Por instantes, Manuel se arrepende de ter vindo.

O garçom chega, mas Daniel não dá nem tempo para que ele se aproxime e já pede uma cerveja. E então volta-se para o companheiro de mesa.

– O senhor chegou na hora combinada, muito bem. Obrigado por ter vindo.

– É... o voo não atrasou... e fiz o que você disse... Mas tenho que voltar logo – Manuel olha o relógio –, quero pegar o das 17h.

– Não vamos demorar... Está tudo aqui – Daniel tira da sacola um envelope gordo e o coloca sobre a mesa. Olha para Manuel com um sorriso, agora de desafio – Pode olhar. Você vai ver que valeu a viagem.

Manuel espera uns instantes e não resiste a olhar para os lados antes de pegar o envelope. Daniel se diverte com a cena. Manuel tira o material do envelope com tanto cuidado que parece estar com medo de que aquilo exploda. A primeira folha é uma cópia de uma antiga ficha policial do atual governador de São Paulo. Os cabelos dele ainda são vastos e ainda naturalmente pretos. É interessante, Manuel vai querer ler isso depois, mas não é isso que interessa agora. Ele continua a folhear o material composto de cópias de outras fotos antigas do Governador no exílio, fotos de professores e intelectuais, bilhetes datilografados, relatórios que lidos assim na diagonal falam de universidade, Paris, professores, aeroporto de Orly, reunião de acadêmicos, Arco do Triunfo, Sourbonne...

– Não estou entendendo... É isso?

– Você nem viu direito...

– Não sei o que é isso, nem sei se me interessa. O que eu quero saber é: e o material sobre a mulher?

– Você fala da Letícia Whitaker?

Manuel faz uma careta e olha para os lados, preocupado.

– Não vamos falar de nomes aqui, tá certo?

– Mas você queria material sobre ela, é isso?

– Você disse...

– Eu disse que não estava trabalhando mais para ela e que tinha um material que era uma bomba para a eleição... E que iria interessar bastante ao seu patrão.

Manuel ameaça se levantar. Daniel pega na mão dele.

– Espera um pouco. Deixa eu te falar um pouco da história que esses papéis contam.

Manuel está impaciente, não consegue nem mais olhar para o material que tem diante dele. Daniel continua sorrindo.

– Esses papéis contam a história de um professor mais ou menos jovem, mais ou menos inteligente, mas bem esperto e ambicioso, que surge como um possível candidato à nova liderança da esquerda universitária depois da aposentadoria ou do exílio de tanta gente. Não chega a chamar a atenção da mídia, mas já chama a atenção da Repressão...

— Me desculpa, mas eu já conheço a história... Aí ele é obrigado a se exilar...

— Não, acho que não conhece, não. Pelo menos, acho que não sabe o que esses papéis contam... Não sabe que, por exemplo, o professorzinho chegou a ser preso antes de partir para o exílio...

Manuel sente o golpe. Sua cara é de surpresa e desconfiança. Daniel prossegue:

— É... ele chegou a ser preso. E não por causa do seu esquerdismo. Mas porque foi pego na cama com uma estudante, secundarista, "de menor". Não era a primeira vez... será que foi a última?

Manuel relaxa e ri:

— Ah, tá bom. É isso, então? — olha para o relógio — Acho que dá tempo de pegar algum voo mais cedo...

— Está aí, senhor Manuel, veja esses papéis. Mas, é verdade, isso não significaria muita coisa se os homens não tivessem feito um acordo para deixar o professorzinho voar para a França.

Manuel quase cai da cadeira. Parece que só agora realmente sentiu o calor nordestino. Apesar dos ventiladores, grandes gotas de suor surgem em sua testa.

— Que acordo?

— Ora, leia aí, está tudo aí. As aulinhas particulares do professor para várias estudantes, a detenção e o sumiço dele. Some o professorzinho aqui. E, de repente, surge esse novo personagem em Paris. O codinome, veja só, é justamente Professor. Podem não ser a mesma pessoa. Mas frequentam o mesmo mundo. Estão nas mesmas festinhas dos brasileiros e coisa e tal. Em geral, as notícias que o Professor manda são as habituais fofocas de intelectuais: quem brigou com quem, quem tá comendo quem, etc. De vez em quando, tem umas análises políticas a respeito dos rumos do Partidão, ou do Partido Socialista Francês ou coisas assim. São análises bem rasas, toscas. Talvez não por culpa do Professor, mas do intermediário, que é quem escreve e envia as informações que ele passa. Enfim, em geral é bobagem, que não deve ter ajudado em nada a gloriosa luta das nossas

Forças Armadas contra o Comunismo Internacional. Se serviu de alguma coisa, foi para assegurar à Ditadura de que não precisava mesmo temer aquele bando de acadêmicos cacarejantes. Mas tem uns momentos em que o Professor parece se entusiasmar com o papel de agente secreto e se esforça para fazer algo de útil para quem o contratou. Tem um trecho aí no meio em que ele diz ter informações de que certo grupo de brasileiros, ligados ao PC do B, planeja voltar ao Brasil clandestinamente...

A camisa de Manuel já está quase ensopada de suor. Daniel chama o garçom:

– Eu quero mais uma cerveja e... – vira-se de novo para Manuel – quer outro suco? Esse aí parece que já está quente...

– Não. Quero uma água.

– Com ou sem gás? – pergunta o garçom, mas Manuel parece não ouvir. O rapaz fica ali parado por alguns instantes e é Daniel quem acaba respondendo:

– Sem gás, por favor.

O garçom vai embora. Ficam os dois homens em silêncio, olhando a praia. Manuel tem a mão sobre o envelope, como se não quisesse correr o risco de que aquilo escapasse de alguma maneira.

– Mas não dá para afirmar que seja ele. Quer dizer...

– Bom... com certeza, não. Alguém pode ter montado esse dossiê com material sobre duas pessoas diferentes, talvez até por má-fé. Enfim... chegou na minha mão assim. Mas é o seguinte: mesmo que nada disso seja verdadeiro, vai ser chato para o Vampiro se explicar. Veja só: os relatórios são detalhados. Se alguém inventou isso, caprichou bastante. A coisa é bem convincente. Mesmo que não chegue na imprensa... basta circular entre alguns amigos dele para já causar um estrago irrecuperável. Fala de muita gente que hoje é importante, e aliada do seu patrão. Nem preciso dizer que fala bastante do...

– Por favor, não vamos falar nomes...

Daniel ri das ingênuas precauções do homem.

— Tá bom, não vamos falar de nomes... Mas você já pode imaginar... O... Dom Pavão não vai gostar de saber que o Vampiro espionava ele no exílio...

— Por favor...

— Bom... é isso aí. Pode levar o material, mostrar para o homem. Pensar no caso. Mas gostaria, por favor, de uma resposta até amanhã.

— A Madame já sabe disso?

— Não. Eu te disse: não trabalho mais para ela. Agora sou freelancer.

Manuel olha bem na cara de Daniel, desconfiado. O garçom chega com a cerveja e a água. Os dois homens ficam calados até que ele vá embora novamente.

— Quanto você quer?

— Como assim?

— Qual o preço?

— Você entendeu mal, senhor Manuel. Eu não quero dinheiro. Não sou um chantagista. Eu quero é mostrar que tenho boa vontade, que não quero mais briga com o seu patrão. Eu quero só que ele pare de me perseguir. Quero anistia, saca? O perdão dele. E o direito de, por exemplo, poder voltar a circular por São Paulo sem ter os cachorros dele no meu pé. É isso e mais um pequeno favor seu. Não do Governador, mas seu mesmo...

Manuel agora está intrigado.

— É só isso? E então você entrega os originais desse dossiê?

— Aí tem outro problema: eu não tenho os originais disso, tenho cópias, como essa aí.

— Eu quero o original... Você não está nos oferecendo nada!

— Eu ofereço a promessa de não botar essa porra na imprensa! Eu renuncio ao prazer de ver o filho-da-puta se foder! É isso o que eu ofereço.

Manuel se cala, assustado. Então pergunta:

— E então... quem tem os originais disso?

— Não sei. Pode ser que nem existam mais. É também por isso que não estou pedindo mais em troca do que tenho. Mas você acha que eu precisaria dos originais para provocar o estrago?

Os dois homens agora se encaram. Manuel então desvia o olhar, derrotado.

— O acordo está feito.

— Não, senhor Manuel, o senhor não entendeu: quero o acordo com seu patrão.

— Estou te dizendo. O acordo está fechado. Você tá livre para passear na Avenida Paulista.

— Mas como posso ter a garantia de que o Vampiro vai honrar o acordo que você faz em nome dele? Seu patrão não é conhecido como um sujeito de palavra...

— Você sabe bem que não vamos querer briga. Não precisa me dizer que você já se preparou, que em caso de algum acidente com você o dossiê se tornará público. Imagino que seja isso...

— É verdade. É isso aí. E tem outra coisa: não posso garantir que outras pessoas não tenham o mesmo material. Essa cópia caiu na minha mão, mas pode haver outras circulando por aí.

— Então o que você garante?

— Garanto que não serei eu quem irá botar essa merda no ventilador.

Os dois homens voltam a ficar em silêncio. Manuel coloca o envelope em sua pasta, que está vazia. Ele veio preparado.

— Você disse que tinha uma outra coisa...

— É, quero um favor seu, uma informação... A respeito de um policial que foi assassinado no Butantã no mês passado. Homero Sangirardi.

— Foi você?!

– Claro que não! Também imagino que não tenha sido você. Trabalhos sujos desse tipo não vão para você, certo? O Vampiro tem várias outras pessoas para isso. Mas quero saber quem matou o policial e por quê.

46

O homem mantém a forma. A velha disciplina militar. Ainda que todo o resto esteja corrompido, ele mantém a forma física. Lembra um pouco o próprio pai de Daniel. Agora está sentado na beira da piscina, feito um iogue, fazendo algum tipo de meditação, ou algo assim, na semiobscuridade do fim de tarde. As árvores em volta se transformam em gigantes negros, e o que era um grande jardim vai se parecendo com uma floresta. Daniel vem por trás, tão silenciosamente que o matreiro coronel Medeiros só percebe quando se vê coberto pela sombra ameaçadora. Nem tenta se levantar. Vira-se: "Você tá louco!" Ainda que a arma esteja com silenciador, o estampido do tiro é alto o bastante para impedir quem quer que seja de ouvir o Daniel sussurrar: "Esta é pelo Homero".

Ninguém suspeitaria de Daniel. Ninguém imaginaria que ele é louco o bastante para estragar a trégua que conseguiu por causa de uma vingança idiota. O único que poderia denunciá-lo seria o próprio Manuel, mas este não pode dizer nada sem se torrar também. Afinal, foi ele quem ligou e disse:

— Aquela informação que você queria...

— Sei... O que você descobriu? Foi o Queirós?

— Não, outro, o coronel Medeiros... Ele encomendou o serviço... mas não sei por quê...

É por isso que Daniel está tranquilo. O paranoico Vampiro terá, certamente, vários outros suspeitos para essa morte.

Agora Daniel só tem mais um serviço a fazer e estará livre. Já teve tempo de estudar bem os arquivos do Kocinas. E ligar os pontos. Além do mais, tem o caderno com a lista de endereços do velho. Outras casas com outros tesouros. O que tem ali garante a futura boa vida de Daniel. Toda essa gente que pensa que ele está morto... bom... irão se surpreender. Daniel está vivo e ainda pode incomodar bastante gente.

47

Laura nota que algo está errado assim que abre a porta do apartamento.

– Laura, por favor, entre e feche a porta.

Daniel está sentado na poltrona. Folheia um álbum espanhol do Corto Maltese. Levanta a cabeça e sorri para Laura:

– Eu diria que sua idéia de esconder as coisas ali naquele buraco do lixo foi muito tola. O problema é que meu pessoal não encontrou antes. E eles não costumam ser tolos. Então, parabéns.

– A dona Letícia chegou a esse ponto? Agora ela também vasculha o lixo dos outros?

– Não. Não é isso. Não foi ela que me mandou... Eu deixei o trabalho naquele mesmo dia em que você... "apareceu na casa dela". – Daniel diz isso quase rindo – Não trabalho mais para ela. Agora, sou freelancer. Mas soube da conversa que vocês tiveram. Aliás, é mais uma coisa que me deixou curioso. Voltei aqui só por isso, para tentar te entender.

– Me entender? Então eu é que sou a louca? Vocês... essa mulher que faz o que faz...

– Você está enganada quanto à Letícia. Pelo menos em parte. Ela e o Eduardo não são totalmente do mal, pelo menos ainda não. A preocupação da Letícia era mesmo aquelas fotos dela na prisão. Ela realmente não sabia da história do tal Hélio Junqueira. Essa coisa da foto dele menino... é até engraçada...

— É engraçado ver uma criança torturando uma pessoa?

— Não, eu não quis dizer isso...

A raiva supera o medo em Laura:

— Vocês já pegaram o que queriam. Vai embora da minha casa! Agora!

— Não. Desculpa... desculpa. É que é uma história tão maluca...

— Por favor, vá embora!

— Desculpa, mais uma vez. Por favor, só um minuto. Eu só queria saber uma coisa: como você conseguiu o material? O velho canalha não te deu isso de graça... O que é que você pretendia fazer? Não é chantagem. Você não é da turma... então o que é?

— Eu queria tornar isso tudo público! Essas coisas têm que se tornar públicas!

— E então você percebeu que não era possível tornar públicas essas coisas...

— Não!!! Vocês é que roubaram as fotos e os documentos. Eu iria mandar isso para a imprensa!

— Mas então por que não mandou? Você estava com isso fazia pelo menos duas ou três semanas, não é? O que aconteceu?

A raiva de Laura vacila, e o medo volta a avançar. Mas ela abaixa o rosto e faz tudo para parecer apenas furiosa, ultrajada.

Daniel se delicia com a situação. A ponto de até seu cinismo ser quase abandonado. Ele está mesmo curioso:

— É claro... você percebeu que não iria conseguir fazer nada com essas informações. Ninguém iria publicar isso. O próprio Kocinas mandou algumas coisas para a imprensa e ninguém publicou nada. São questões nas quais ninguém quer ir muito fundo. Eles pensam assim: "Já temos os escândalos do momento, para que perder tempo com os do passado?" E mais: se começar a mexer nesse passado de ditadura, vai pegar político, mas também vai pegar banqueiros, empresários, gente de imprensa... Não sobra ninguém. Mas você imaginou o que, então? É isso o que eu queria saber. O que você planejava fazer? Não há sarcasmo na pergunta de Daniel. Mas Laura não consegue falar nada. Abaixa os olhos. E os dois ficam em silêncio. Então, quando Laura consegue olhar novamente no rosto de Daniel, vê que o sorriso desapareceu, o que há é uma espécie de tristeza.

– Você é só uma louca... é isso, não é? Alguém te descreveu assim... Um amigo meu... você sabia disso? Ele está morto. Mas você nem nota essas coisas... não é? Porque é maluca...

Ele se levanta da poltrona, coloca o álbum de quadrinhos na mesa.

– Bom, é isso... Podíamos sair uma hora dessas... Ir jantar...

– E você acha que eu tenho cara de mulher que sai com policial?

– Eu não sou um policial, quem disse que sou policial?

– Qualquer homem armado é um policial. Mesmo um ladrão.

Daniel abaixa a cabeça e sorri.

– E mulheres armadas?

Ele se diverte com a cara que Laura faz. Ela é boa, quase não deixa transparecer o quanto ficou assustada. Quase... Daniel deixa o suspense durar alguns segundos.

– Não, não precisa se preocupar... Deixamos seu revólver no lugar. Mas quando encontramos... Até ficamos pensando se não seria você a tal misteriosa namorada armada e perigosa suspeita de matar um rapaz no Butantã... Nada a ver, é outro caso, você não sabe nada sobre isso também... E além do mais... o sujeito morreu com tiros de 38, e sua arma é um 357...

– Não. Ela é um 38.

Daniel ri, já indo embora:

– Acho que entendo mais de armas que você, Laura. "Ela" é um .357, uma Taurus. É uma ótima arma, mas está mal conservada. A munição já não presta, é claro. Mas isso não importa, não é? Bom... acho que é isso... Agora prometo que vou te deixar em paz.

Laura nem levanta o rosto para ver Daniel sair. Depois que ele fecha a porta, Laura espera um pouco para ter certeza de que ele foi mesmo embora. Então vai até o armário e pega a arma. Como é que ela não viu? Está escrito ali: ".357 magnum". Laura está decepcionada. Não chega a ser um 37, nem mesmo um 36.

Mas o sentimento de decepção com o revólver mistura-se com outra espécie de decepção, ou será um tipo de alívio? O sentimento de que a história passou por perto, como um soco perdido de um Mike Tyson ou um beijo que não aconteceu. Foi algo que não encostou em Laura. Ela está inteira. Ninguém encostou nela. É um alívio. Mas então porque essa sensação desagradável?

48

Regra número quatro do manual de jornalismo de Túlio Schiavone: um bom título é a coisa mais preciosa que existe, torna até dispensável uma boa matéria. Quando você consegue um bom título e um bom primeiro parágrafo que o justifique, já está com o jogo ganho, só precisa administrar. É como fazer cinco gols nos dez primeiros minutos da partida. Depois disso você só precisa trocar passes, jogar a bola para o mato e coisa e tal.

Invente um bom título e todo mundo ficará tão boquiaberto que nem prestará atenção na matéria. Um texto com muita ambição própria, independente, pode até acabar sendo um problema: muitas vezes coloca um bom título em perigo, cria contradições e dúvidas na cabeça do leitor. Melhor não perturbá-lo com complexidades inúteis. Para cada texto, uma ideia, não mais que isso. E uma ideia que possa ser expressa em um título de, no máximo, trinta caracteres.

Neste momento, Túlio se sente como se tivesse acabado de cheirar uma imensa carreira de cocaína. Hoje está forte, bonito e genial. Porque está próximo de ter um título. Será algo com as palavras "professor" e "aluna". Ele já tem o fato. Claro, a regra número um do manual de jornalismo de Túlio Schiavone diz: "Todo texto jornalístico deve ser baseado em fatos reais, tanto quanto o possível". E, neste caso, o fato real que Túlio descobriu é que os dois finalistas na corrida eleitoral para o governo do Estado de São Paulo têm grande chance de terem se conhecido há quarenta anos. O Governador, na época, era um jovem professor, e a ex-ministra Letícia Whitaker, estudante do segundo grau. O professor chegou a dar algumas poucas aulas na escola onde ela estudava. Esse é o fato real.

A versão Schiavone é mais, como dizer, compreensível para o leitor médio: a candidata Letícia Whitaker foi aluna do atual governador de São Paulo. Schiavone não consegue deixar de rir da incompetência de seus colegas: como é que ninguém descobriu isso antes? Mas tem que admitir que foi por acaso que chegou a isso. Foi em uma daquelas entediantes entrevistas com ex-colegas de escola de Letícia. Nenhuma soube dizer com certeza se o Governador chegou a especificamente dar aulas para a classe de Letícia. Mas é o bastante. Depois que sair a matéria, todas irão ter certeza de que as coisas aconteceram exatamente como Schiavone diz. O que conta é o que está no papel.

Túlio está apenas na dúvida se o título será algo como "O professor mostra que ainda tem muito o que ensinar" ou algo como "A aluna agora ensina o professor". Depende do que acontecer nos próximos dias. Se Letícia confirma a tendência de ultrapassar o Governador ou se ele consegue se segurar.

Se existe algo que perturba Túlio neste momento é apenas uma outra informação vadia que fica ali zumbindo na sua cabeça: tanto Letícia como o governador deixaram o país no mesmo momento dos anos 70. Uns poucos meses de diferença. Isso deve significar alguma coisa. Ele foi para o exílio em Paris. Ela foi estudar na Inglaterra. Mas Túlio não sabe dizer o que isso quer dizer. Pior, não consegue imaginar como transformar isso em um título. Melhor esquecer desse detalhe. O leitor ficará melhor sem saber disso.

FIM